JN255431

ありふれた教授の毎日

Nakamura Kouichi
中村幸一

作品社

ありふれた教授の毎日§目次

日日㈠

カフェ

人生

大学

日日㈡

111 中国武術の国家武英級で 112 太極拳のクラスは
112 人気講演者の 113 M寺へお願いします 114

飲食

週一回は渋谷の 119 コレステロールが 119 チョコ
レートと緑茶は 120 早食いは急いで 121 寝る前に
あまおうを 121 りんごをかじる 122 同僚たちに、
レストランで 122 甘いものへの衝動が 123 インド
料理店を 124 ショートケーキは 124 ファミレスに
行くのは 125 今日行った、とうふ料理を 126 イタ
リア語は十六年ぐらい 127 私はたこ焼きは嫌いだが
128 教授会、各種委員会では 128 柿ピー六袋入りを
ふたつ 129 炊かれた米を 130

ファッション

芸能・芸術

国柄

あれこれ

カバー・扉絵＝著者
装丁＝小川惟久

ありふれた教授の毎日

日日㈠

独身で、一人、家に

独身で、一人、家に帰ると、真っ暗で、電気をつけるのがわびしい、とか、寂しい、という人がよくいる。

私も一人暮らしを始めた十年前、それを心配したが、まったくの杞憂に終わった。ドアを開けると、かってに察知して、ランプが点灯するのだ。寂しくもなんともない。

ということは、寂しく、わびしいのは、ライトをつけなくてはならないからではなく、別の理由にちがいない。「真っ暗で寂しい」は、わびしさを表すレトリックにすぎないのだろう。

ちょっと変わった他大学の教授に

ちょっと変わった他大学の教授に、そんなに授業をやってどうするんですか、僕なんて、五コマですよ、と言われる。私は七コマである。独身だと、無聊を紛らわせるのに、いろいろお金がかかるんです、と答えた。事実である。しかし、二コマ増えてもそれ程収入が変わるわけではない。

二人、三人と家族がいれば、たとえ、蛍光灯の下、みすぼらしいテーブルの上で、安物の食器でも、会話があり、気にならないだろう。会話がなによりの舞台装置、ご馳走になる。わびしく一人、無言で食べるときは、光り輝くナイフ、フォーク、グラス、ときには（持っていないが）銀の燭台にキャンドル、そしてテレマンの「食卓の音楽」などを流して演出しないと、精神的にもたない。このあたりを理解してくれる人がいなくて、困っている。

悪い遊びか何か？　と言われたが、へへ、と流しておいた。遊びかもしれないが、悪いことではないだろう。

この学者も、やはり独身である。彼には、身も心も捨てて打ち込める学問がある。本来は私にもあるはずなのだが、どこかへ行ってしまったようだ。

ある女性が、メールで

ある女性が、メールで、私の「隠れファン」です、と書いてきたのだが、これって、隠していないじゃないか、というか、隠れないでくださいよ、と返信しようとしてやめた。

そんなに隠したいのか、なにか、おおっぴらにしたくないって、なんとなく失礼なんじゃないか？　という気もする。愛すべき天然の女性ではあるが。

電車が来て、ドアが

電車が来て、ドアが開く。しかし、たいてい、私の後ろにいる人が、私より先に乗り込んでしまう。おそらく、実社会というのは、気楽な大学と違って、すきあらば出し抜くという弱肉強食の世界なのだろう。

数学の問題を考えていて、タクシーが来たのに気づかず、後ろの客に、早く乗れよ！　お前みたいなのが社会で落伍するんだ、と怒鳴られたという、フィールズ賞の広中教授のことを思い出す。

もちろん、数学は世界中の学者がしのぎをけずる、ハードな世界である（と思う）。気楽なのは、文系の一部だけだろう。しかし、すきあらば、という野生動物的な、スポーツや企業の競争とは、異質なものだ（と思う）。

プラットフォームでは

プラットフォームでは前述のように、先に待っていても、ぼんやりしている私より、先に乗り込まれてしまうのがふつうである。しかし、今日の会社員は、私が乗り込むのを遠慮がちに待ってから、乗ってきた。こんなに育ちの良い人がいるのか、と清々しい気持ちになる。

財界トップの人びとは、とても遠慮がちで、腰が低いと聞いたが、これは、もともとそういう人が出世したのか、あるいは人をバリバリ押しのけてきた人が、取締役になってから、安心して、ないし心を入れ替えて腰が低くなったのか、とても気になるところである。

よく、電車で

よく、電車で、端の席が空くと、そこへ平行移動する人がいる、というか、九割五分の確率で移動すると思う。おかげで、目の前に空いた席へ座れなくなったことが、百八回はある。私は三人がけの座席にいて、両脇が空き、真ん中で一人になっても、カニのように平行移動などしない。ただ、カップルなどが近づいてきたときは、しかたなく、中腰ではなく、きちんと立ってから、端に移る（腰痛防止のためでもある）。

駅の改札口で

駅の改札口で、PASMOをシャツの胸ポケットから出したとき、耳にはイアフォンがついていたが、それでも、なんとなく、パタッ、という音の気配を感じた。足元を見るが、何も落ちていないので、そのまま自動改札を通る。

するると、背中を軽く叩かれる。横を見ると、若者が、パタッ、と落とした教職員証を手渡してくれる。なぜか、微笑むどころではなく、歯を出し、にこやか、というか、にんまり、という感じで、笑っている。落としたかな、と思って確認したのに、それを見落とした私の、間抜け具合がよほどおかしかったのだろう。まあ、親切な若者に、あれだけの笑いを提供できたなら、よしとしたい。

最近は、改札口で

最近は、改札口で、前のドジな方がピンポーンと鳴らすのではないか、急に立ち止まって、カバンの中のSuicaを探し出すのではないか、と恐れ、瞬時に横へずれることができるよう、身がまえて歩いている。田舎に、こんなおかしなストレスはないだろうと思う。

幸福感は年収六三〇万円で

幸福感は年収六三〇万円で頭うち、とマスコミが書いている。まず、これは、どこか知らないが、広いアメリカのなかの話だ。州によっても、気質はまったく違う。全米の平均値が得やすいというので、アンケートや実験は、平均的なアメリカ人が住むと言われる、オハイオ州が使われることも多い。

六三〇万円以上稼いでも幸福感が得られないのは、使い方がまちがっているのではないか。七〇〇万円の収入があったら、七〇〇万円は、どこでもよいが、なんとか募金とか、捨て猫を救済する非営利団体などに、寄付することにすれば、気分がよく、幸福感が得られるだろう。

この調査に反して、収入は六三〇万円より増えたほうが、幸福感は断然高いと思う。割り勘にして恥ずかしい思いをしていたのが、学生に食事をふるまうことができる。人間関係が広まる。本は借りずに買うことができて、書き込める。あらゆる外国の学会にビジネスクラスで出張できる。何一つ悪いことはなく、幸福感にすべて寄与する。

ただし、「幸福」と「幸福感」は同じではない。また、あなたは幸福ですか、と訊かれたとき、心の中で幸せだと思っていても、厚顔無恥に、「はい、幸福です」などとは言わないだろう。

来客というのは

来客というのは、慣れている人はなんでもないのかもしれないが、気を遣う。お客様が、ウンコをなさるかもしれない、と思うと、便器に顔を近づけて磨かざるをえない。

家に、金目のものはないが、テレビで見たところだと、富裕層の客にはいろいろな人がおり、一度に来る数も多く、なかには、調度品、宝飾品の小物などをくすねる客もいるらしい。

そこで、主人は、使用人を要所要所に立たせ、（監視している様子を見せずに）監視させる。客が何か、調度品類を盗んだのを目撃したときは、繊細な方法で自覚を促すのだが、肝心のそのやり方を忘れてしまった（私が使うことはないが）。

もちろん、あなた、盗みましたね、などとは言わない。ポケットがふくらんでますね、と言うのでもなかった。なにか、とても微妙な、相手を傷つけないたしなめ方だった気がする。もちろん、その客は二度と招かれないだろう。社交界に噂が流されるかどうか知らないが、社交界の外に噂は行かないそうだ。

現に、日本でも、デヴィ夫人の邸宅で、宝石でできたブドウの果実が、だんだん盗られて小さくなっていったという。お客様が失敬なさるのかしら、イヤな気分だわ、と彼女は嘆いていた。

部屋がほこりで

部屋がほこりで汚れてくると、お客さまを呼ぶチャンスである。こうして掃除せざるをえない状況に自分を追い込む。

お客さまが大酒飲み、大食いの場合、経費がかかるかもしれないが、ハウスクリーニングを頼むより経済的だし、家じゅうに自分のオーラマーキングができてよい。

私は、これを名づけて、「来客掃除法」と言っている。

去年の測定で

去年の測定で、体重は六十kgと、平均体重よりかなり軽かった。しかし、人間ドックを受けた結果、「脂肪肝の疑い」で、隠れ肥満だと医師に言われる。そこで、数か月、チキンと魚と海草を主に食べ、夕食後は何も食べない、というアドヴァイスに従い、体重は五十七キロに下がった。だからといって、とくに体調に変わりはない。

「平均体重」というものは、あまり意味がない。各人に適正な体重というのがあるのだから。現に、私は、平均体重より軽いのに、「肥満」なのである。超肥満体に見えるある芸能人は、血液検査で、何の異常も出ないという。彼（女）には、あの体重が適切なのだ。

三か月ぶりにスーツを

三か月ぶりにスーツを着る。とたんに、精神の自由が制限されるような気がする。身にまとっている、堅いスーツどおりの、型にはまった思考になりそうだ。

だが、なんとなく新学期、五月上旬までは、スーツにタイをする習慣になっている。しかし、それ以降は崩れ放題だ。崩れのきわみは真冬、コールテンのパンツにタートルネック、やわらかいジャケットになってしまうころだろう。

さて、新学期。タイを締めるのは一年ぶりだ。締め方も、おぼつかなくなっている。むかしは、いろいろなノットを結ぶことができたが、いまは一つしか覚えていない。こうしてファッションはますます横着になり、おじさんくさくなってゆくのだろう。

けっこう私は

けっこう私は思い出し笑いが多く、公共の場所にいるとき、ほんとうに困る。咳でごまかすのだが、笑いを我慢する自分というのが、さらに輪をかけて可笑しく、苦しさで顔が赤くなっているのがわかる。

昨日、團伊玖磨、『続々パイプのけむり』に、彼が、靴べらでチャーハンを食べようとした、というくだりがあり、おかしくて可笑しくて、困っている。あの見事な長髪で、口を横に広げて食べる姿がどうしても目に浮かんできてしまうのだ。

カフェで思い出したら、確実に笑いの発作である。はたからは痙攣のように見えるかもしれない。しかも、いま、私は筋筋膜性急性腰痛、俗に言う「ぎっくり腰」の回復中だ。大笑いしたりしたら、痛いやらおかしいやらで、ほんとうにわけがわからなくなってしまう。しかし、そういうときにこそ笑いは襲ってくるような気がする。

美容院の椅子で

美容院の椅子で待たされているとき、グルメ雑誌とか、若者向けのファッション雑誌を私の前に置く女の店員がいるが、判断力が足りない。この人は、食べ物に関心がありそうかどうか、若者なのかどうか、見てわからないのだろうか。

男の店員は、*Pen*とか、男の何とか、という、少しはまともな、中年の私にも読むところのある雑誌を置いてくれることが多い。

以前、「ヘアーカタログ」という雑誌を置いて行った女の店員がいたが、殺意を覚えた。髪が薄くて、髪型を変えようがない中年男が、これを読んでどうするというのだろうか。

明朝に飲む

明朝に飲むコーヒーを楽しみにして前の晩に寝るというのは、どうも生活が充実していないからとしか思えない。くたくたになるまで論文を書いて寝た若いころも懐かしいが、いま、それを読んでみると、とても世界で通用しない、価値のない論文だった。懸命になった、という経験は重要かもしれないが、いくら懸命になっても、「結果」を出さないと、意味がない。

この「結果」というのは、もっぱら「成功、勝利」の意味に変わっている。「悪い結果」では、「結果」を出したとは認められない。世知がらくなったものである。こんな息の詰まるような世界になったのは、いつごろからだろうか。理学部などでは、もちろん戦後直後から、いまのように世界と競争していたと思うが、そういう生き方を、あらゆる分野でやらされたら生きにくいだろう、と感じてしまう。

あまりに家計がひどいので

あまりに家計がひどいので、家計簿ソフトを導入する。マンションを買う前は律儀につけていたが、買ってからはやめていた。すると、給料日から数日で、ローン、保険、管理費、スポーツクラブ会員費、修繕積立金などで、使える額は三分の二になってしまうことがわかった。というか、以前もローン以外はほぼ同じだったはずなのだ。

この仕組み、というか、構図を、すっかり、忘れていた。毎日体重を測るダイエット法があるが（なぜか、男性にしか効果がないという）、毎日、支出を記録するのは、これと同じ効果がありそうだ。現実を日々直視するという心理的な効果だろう。

何十人という親バカな

何十人という親バカな父親を見てきて、ほんとうに見苦しいものだと思っていた。息子が、父親のS教授の授業に出て、（あたりまえだが）S君はどう思いますか、と質問されたり、という茶番まであった。どうも、学者の親バカが一番ひどいようだ。

もちろん、私は親バカになりたくても、子どもがいない、というやっかみもある。しかし、最近、十数年前に他界した亡父が、けっこう私をネタに親バカぶりを発揮していたことを知った。

それなら、私も亡父が、楽しく親バカ行為をするのに貢献できたことになる。

十数年前まで、埼玉県に足を

十数年前まで、埼玉県に足を踏み入れたことがなく、一生行くこともないだろうとも思っていた。

しかし、短歌雑誌の編集部が浦和に置かれてしまい、いまでは、月に一回行く義務が生じている。毎月行けるわけではないが、「PARCO」に「コールドストーンクリーマリー」がなければ、とても耐えられないところである（数年前、閉店してしまったが、耐えがたきを耐えつつ、通っている）。

五十年以上、東京の城南地区に住んでいるせいか、私には、心理的な北限がある。原宿、御茶ノ水、有楽町を結ぶラインより北へは、あまり行きたくない。秋葉原でさえ、ちょっと遠い気がしてしまう。

距離的には遠いかもしれないが、むしろ横浜のほうが心理的には近い。だから、待ち合わせなどは、選べるなら、銀座、渋谷、横浜にすることが多い。新宿が好きな人はとても多いが、きっと、そこから一本で帰れるとか、便利だからなのだろう。私にはとても遠い所である。

しかし、逆に考えると、城北地区や埼玉県に住んでいる人は、新宿や池袋より南に行くのは、遠いという感じがするのではないだろうか。私に北限があるように、心理的南限というのもあるかもしれない。

夏が好きだ、という人が

夏が好きだ、という人がまわりに多いので、大声では言えないが、私は、晩夏になると、これから静かな、最高の季節になると思って、うれしくなる。中学生時代は、人なみに夏が好きだったと思うが、たぶん、高校生ぐらいから変わった感じがする。

十月終わりから十二月初めの仲秋から初冬が、頭も一年で一番よく働く気がする。真冬でさえ、夏よりはましで、厳寒のなか、上から暖気の下りてくるフランス式のストーヴのそばで、オープンカフェにひとりで座っていることも多い。

教職員証が更新されるので

教職員証が更新されるので、新しい写真を提出せよ、と言われる。以前、複数の知人たちから、パスポートの写真は、みんな、新宿伊勢丹の写真室で撮りますよ、と言われたことがある。

なぜ三越、高島屋でなく、伊勢丹なのかは、謎である。

伊勢丹のサイトを見ると、駅のインスタント写真の三十倍の値段である。それに、きっと、伊勢丹ではプロのカメラマンの口車にのせられ、むりやり笑顔にさせられてしまうだろう。笑顔は苦手で、不自然に顔が引きつること、請け合いだ。

駅の三分写真を四、五回くり返して、そのなかから選んだほうがいい、と考え、撮って、提出した。

ジムでシャワーを

ジムでシャワーを浴びたところ、耳に水が入る。急いでいるので、そのまま電車に飛び乗る。車内やプラットフォームでぴょんぴょん跳ねるのは、かなり、というか、最高にみっともない（プールサイドやシャワールームで跳ねても、まったく問題がないのは、興味深いところである）。しかたなく、到着地のトイレの個室で跳ねることにする。

以前、冬、温水プールで泳ぎ、耳の水が、どう跳ねても、綿棒でもとれず、夜中、緊急外来の耳鼻科に行ったことがあった。すると、医師は、いまだに不思議なのだが、水の入っていないほうの耳から見ましょう、と言った。そして、冬だから、腐敗することもないし、大丈夫でしょう、と診断したものである。

家から徒歩三分の

家から徒歩三分のネパール料理店。支払いのとき、シェフがいつも厨房から出てきてくれるのだが、今日は、いつものように天気の話ではなく、「No family?」と、いきなり訊かれる。「独身なのか?」の意味である。家族と言っても、親や兄弟のことではない。何年も一人で食べているから、不思議に思ったのだろう。逆に、貴方は結婚しているんですか、と訊くと、妻は日本にいて、二人の子どもはネパールにいる、と答えた。

郵便物のない平日が

郵便物のない平日が、年に五、六回あるが、とても不全感、寂寥感を覚える。しかし、宅配便やメール便があっても、あまりうれしくない。郵便物の力は不思議である。ダイレクトメールでも、何もないよりはよい。まして、書翰、葉書などがあると、心踊るものだ。

日も暮れ

日も暮れ、家で食べる豆腐ハンバーグ弁当を買うと、おばさんが、「そこのきんぴらごぼうをとって」と言い、「だれもいないから、ただにしますね、内緒よ」と言う。よほどみじめな中年男に見えるのだろう、と思って、複雑な気分である。

ただ、特別扱いをしてくれると、その店では、かえって買いにくくなる。ふたたび特別扱いを期待するような感じになってしまうからだ、という話をしたら、世の中のことをよく知っている親友が、だいじょうぶ、おばさんはむりしないから、と言って、嗤った。

まあ、いい。美人妻が愛妻弁当を作ってくれたり、家に帰れば食事が待っている、ほとんどの同僚に比べれば、無料のきんぴらごぼうは、小さすぎる幸せだ。

うちには裁縫道具の

うちには裁縫道具のたぐいがない。あっても、私にはむりである。スーツやコートの取れたボタンは、すべてクリーニング店や、リフォームショップでつけてもらっている。ほんとうは数時間待たなくてはいけないのだが、すみません、独身で、できないものですから、などと泣きを入れると、哀れに思い、その場でつけてくれるおばさんもいる。

しかし、さすがに、パジャマのボタンなどが取れると、クリーニング店には頼めないので、放置せざるをえない。そうこうしているうちに、新たに一着買ってしまうことになる。家事ができないのは不経済である。

カフェ

大阪、難波、「英国屋」

大阪、難波、「英国屋」というカフェ、というより喫茶店。一番安いウェッジウッドのカップでコーヒーが出てくる（「アストベリー」などの高級なシリーズだと客が緊張するからだろう）。トーストを焦がしてください、と言うと、微妙に若いウェイターが、「これぐらいでよろしいですか？」と焼いた実物を持って、関西アクセントで訊いてくる。このやさしさは、東京で経験したことがない。東京では、たいてい、いくら言っても、焦げていないか、あるいは、比喩でなく、ほんとうに真っ黒かのどちらかだ。

その前日、学会に行って、大阪大学の広いキャンパスのなか、地図を見ながらうろうろしていると、学生が、「どこか、お探しですか？」と、やはり（あたりまえだが）関西アクセントで訊いてくれる。これも、東京では、まずありえないことだ。ほんとうに大阪はいい。

トーストが、どこの

トーストが、どこのカフェでも、よく焼けていない。それ以前に、午前中しかトーストを出さない、などというひどいカフェもある。いくら、よく焼いてください、と言っても、白いトーストが出てくる(大阪を除く)。今日は、業を煮やし、思い切って、「黒焦げにしてください」と言ってみた。すると、ほんとうに黒こげに近いものが出てきた。

たしかに黒焦げとは言ったが、もうちょっと、行間を読んでほしいものである。いつになったら、美しいきつね色のトーストを見ることができるのだろうか。おそらく、まともなトーストが食べられるのは、一流ホテルのブレックファーストだけなのだろう。

渋谷から表参道まで

渋谷から表参道まで歩いていくと、偶然、假屋崎省吾先生のヴェネチア風豪邸を発見する。別に表札が出ているわけではない。なぜ、假屋崎邸と、私はわかったのだろうか。

そうしているうちに、「アニヴェルセル・カフェ」に着く。ソムリエ資格を習得して退職したK君に代わって、私の担当となった(と、私がかってに決めている)G君に、「私が来ると、客がいつも、ごっそりいなくなるね、すみません」と言うと、「そうなんですよ!」と答えた。こいつは見所がある。事実、私のまわりから、十分もすると、客が減っていく。とても快適である。

ところで、カフェのギャルソンには、俳優のたまごが多いと聞いた。勤務時間、曜日が比較的自由になるかららしい。しかし、そもそも、ギャルソン自体がカフェで演技をしているようなものだろう。客も脇役を演じていると言ってよい。家にいるときや、職場にいるときとは異なり、ちょっとは気取った振る舞いをしているはずだ。恥しらずなことは、絶対、おしゃれなカフェでしないだろう（入れ歯が外れそうなほど大笑いしているおばあさんたちはいるが）。表参道ともなれば、「舞台衣装」も、近所のカフェとは違って、ちょっといいものを着ていくだろうし。

ホテルのラウンジ

ホテルのラウンジ。ここには二十五年以上、来ているが、まったく変わっていない。庭園を見下ろす席は、じつに落ち着く。

初めて見かけた感じのよいギャルソンが、「コーヒー、温かいものをお持ちしましょうか」と言ってくれるが、ポットに入っているもの（カップ二杯分）を、もうひとつ飲んだら、とても、夜、眠れない。遠慮する。

その一時間後、別のウェイトレスが、また「温かいものを（以下同文）」と訊いてきたが、いったい、ここはポットで何杯飲めるのだろうか。むかしはこういうサーヴィスはなかったと思う、というか、訊かれたことがなかった。どうみても中年となったいま、貫禄が出て、思わずコーヒーを出したくなってしまうのだろうか。

ありがたい申し出だが、ウェイター・ウェイトレス自身が、ポット二、三杯（＝カップ五、六杯）の珈琲を飲んだら、夜、どうなるか、と考える想像力も必要なのではないか、と思った。もっとも、彼らは平気で眠れるのかもしれない。

地元のカフェ

地元のカフェ。空いている。和歌やイタリア語の単語を暗記しながら、ときどき窓外を眺める。八十歳になっても、こうしているような気がする（生きたとすれば）。というのは、二十歳のときから、暇なときも、忙しいときも、こうしてカフェで時間を過ごしているからである。傍目には退屈に映るだろう。たしかに退屈だ。妻子がいない男の人生は単純で、変化、とくに心境の変化がない。そのせいか、まだかなり学生気分が残っている気がする。変わったのは、腹囲と髪の量ぐらいのものだ。

なぜか、この数週間

なぜか、この数週間、表参道に行きたくてしかたがない。中一のころも、表参道を舞台にしたテレビドラマがあり、「風の街」という吉田拓郎作曲のテーマソングが好きで、よく現場に行っていた。それが四十数年ぶりに回帰してきたようだ。

中学生のときは、金も智恵もなく、ただ歩くだけだったが、いまはカフェが多いので、紙とシャープペンシル、本があれば、いくらでも時間をつぶせるのはありがたい。運よく窓際に座ることができれば、行き交う人びとの人間模様を、見るともなく見ているのも楽しい。

表参道の

表参道の「アニヴェルセル・カフェ」は、傘を「お預かりし」て、ビニールの袋に入れ、席まで持ってきてくれる。また、「洗面所はどこですか」と訊くと、ギャルソンが、右に入って、左です。「いってらっしゃいませ」と言ってくれた。素敵だ。

ある日の、表参道

ある日の、表参道、「アニヴェルセル・カフェ」。隣の席の就活スーツの女子学生が、パフェを平らげたあと、さらに、ショーケースを指差して、あのケーキください、と言う。どう見ても、やけ食いだ。

「サプライズOK」などとホームページに書いてある店が増えてきたが、このカフェでも、左端の親子連れにバースデーケーキが供され、女子店員たちが拍手をする（なぜか、ギャルソンたちは参加しない）。おしゃれな家族があるものだ、なんて恵まれた子どもだろう、うらやましい（いい年をして、私はここで子どもの立場に身を置いている）と思ったせいか、なんとなく、一緒に拍手をするのははばかられた。

ウィーンのカフェ

ウィーンのカフェ、というような写真集があるが、あの古都には、豊かなカフェ文化が残っていて、だんだん行ってみたい気になってくる。

何十店とあるカフェを見ていくと、本、新聞はもちろん、百科事典完備のところまである。友人同士が議論になったとき、事実を確かめるために使うのだろう。

毎晩、「いや、日本の首都はペキンだ」「いやいや、シャンハイだ」「じゃあ、確かめようじゃないか」などと言っているにちがいない。カフェでも、すぐ確認したがるとは、理屈っぽい（ような印象がある）ウィーンの人らしい。

もっとも、いまはスマートフォンがあれば、瞬時に検索、確認できる。しかし、こういう機器類は、ウィーンのカフェには似つかわしくない感じがする。

渋谷の「カフェ・ドゥ・マゴ」で

渋谷の「カフェ・ドゥ・マゴ」で、「タルト・タタン、温めましょうか?」と言われて、驚く。いちおうタルトだから、ケーキである。聞いてみると、フランスでは、夏でも、tatin chaud といって温めることがある、と言う。

教養のあるギャルソンである。パリに住んでいたことがあるのかもしれない。このカフェに、毎週、通いつめてしまうのは、チーズオムレツがおいしいせいもあるが、こういう知的なギャルソンがたくさんいて、会話が楽しいからでもある。

おばさんたちは

おばさんたちは、カフェで、傍若無人に大声で笑い、話す。読書の大きな妨げである。仮に、彼女たちと同じ音量で、私が、イタリア語の本を音読したら、きっと、あの、お客様、と店員にたしなめられるのは確実だ。

テーブルの横や、向こう側に人がいるかいないかで、同じ音量の声を出していても、差別されてしまうのだ。これを、〈おひとりさま差別〉と命名してもよい。

高輪、「カフェ・オ・バカナール」

高輪、「カフェ・オ・バカナール」。さっと見渡して、スペースのあるところに座ると、その隣のエリアに、おばさんの集団がおり、ものすごい大声で話しているのに気づく。どうりで、まわりにだれも座っていないはずだ。

ギャルソンと目が合い、うなずいたので、理由はわかったのだろう、そこを逃れ、キッチンに近い席へ移動すると、別のギャルソンに、「こんにちは」と言われる。びっくりして、顔を凝視するが、思い出せない。さらに、「マゴで」と言われ、東急本店「カフェ・ドゥ・マゴ」にいたギャルソンであることを思い出す。一年後には、ドゥ・マゴに戻らないかと言われていると言う。しかし、なんとなく決めかねているオーラを出していた（後日談だが、彼は戻っていった）。「カフェ・オ・バカナール」は、サントリーホールにもあったと思うが、ギャルソンが、フランス語で、「quatre cafés!（コーヒー4つ）」などとキッチンへ指示する、気取ったカフェである。ドアにも、「Tirez（引く）」とフランス語だけしか書いていないのは、不思議である。一瞬、迷ってしまう。

むかし（いまも言っているかもしれないが）

むかし（いまも言っているかもしれないが）、スターバックスで注文すると、レジが、横の店員に、毎回、「お冷や」と言うので、「え？」と思っていた。

アメリカに行ってわかったが、「For here or to go?（店内ですか、持ち帰りですか？）」と、スタバに限らず、どの飲食店でも訊かれる（高級レストランでは絶対に訊かれない）。「お冷や」ではなく、「for here」だった。

しかし、なぜ、日本式発音で「for here」と言うのか。なぜ、日本語で言わないのだろうか。

「アニヴェルセル・カフェ」の

「アニヴェルセル・カフェ」の窓際にいる子連れの女性。ちらちら私を見ていたのだが、帰り際、「この窓際の席、お使いになりますか?」と訊いてきた。驚いて、いえいえ、けっこうです、と遠慮する。親切かもしれないが、ふつう、こんなことは言わないだろう。たしかに、私は毎週のように、彼女のいた窓際の席に座っている。

しかも、なぜか、最後に会釈をされる。まったく知らない女性である。不安になって、従業員に訊いてみたが、元従業員でもないと言う。不思議だ。

考える。彼女は、私の学生だったのかもしれない。いろいろな飲食店で、あ! 先生! というのが、四回ぐらいあった。しかし、申しわけないが、ゼミナールの学生でもなければ、そして、よほど優秀(か、その正反対)でなければ、二、三年経つと、すっかり忘れてしまう。

もし、店で私を見かけても、そっとしておいてほしい。しかし、ゼミナールの学生だった卒業生は、私と私のまわりの状況(連れがいるか、本に没頭していないか、など)をよく見たうえで、大丈夫そうだと判断したら、話しかけてください。

カフェで読書していると

カフェで読書していると、空いている隣のテーブルに脚をのせたくなる。大学院のとき、ある教授の研究室のドアが半開きになっていて、ご本人が、大きなデスクに、靴を履いたまま足をのせ、傲然とした感じで本を読んでいた。その光景が、いまでも鮮やかに浮かんでくる。アメリカかぶれだったのかもしれないが、とても新鮮であった。

しかし、いま、カフェで、足をのせたら、きっと、「お客様」と言われてしまうだろう。大学教授の真似です、と言っても、通用するはずがない。

たぶん、この姿勢は、頭の血のめぐりがよくなって、理解力が増すのではないかという気がする。気分がいいことは行儀が悪い。行儀が悪いことは気分がいいのではないだろうか。

人生

フジ子・ヘミングが

フジ子・ヘミングが有名になったのは、一九九九年二月十一日放送の「NHKスペシャル」がきっかけである。

冒頭から、髪がぼさぼさで、うらぶれた感じのフジ子が映り、年齢不詳、国籍もない、とネガティヴな字幕が入る。これからもわかるように、もともと、若いときは有名だったが、いまは落ちぶれて、猫と暮らす老ピアニスト、というコンセプトの番組だった、とフジ子がエッセイに書いている。

だから、一貫して暗い感じの番組なのだが、途中、藝大、奏楽堂のコンサートの様子が映る。長蛇の列。絶望的なトーンのなかで、このシーンだけが浮いていると思っていたら、もともとはカットされていたらしい。

どういう経緯かわからないが、その事実をフジ子が知って、あれをオンエアしないなら、首をくくって死んでやる！　と放送三日前に「電報を打った」という。

おかげでオンエアされ、チケットはどうやって手に入れるのかという電話が殺到したのだが、あのシーンがなかったら、フジ子が演奏会をやっていることは知られなかっただろう。可哀相なおばあさん、で終わった可能性もある。いや、誰かがコンサートをさせてみようと思っただろうか。

なるがままに任せるのではなく、不利な状況と戦うことも必要なのだろうか。

スポーツは、観るより

スポーツは、観るより、やるほうが大変だが、楽しい。勉強は習うより教えるほうが大変だが、楽しい。コンサートは聴くより開くほうが大変だが、楽しい。本は読むより書くほうが大変だが、楽しい。絵は観るより描くほうが大変だが、楽しい。雇われるより雇うほうが大変だが、楽しい。能動的人生。

日本物理学会会長

日本物理学会会長だった米沢富美子教授の「私の履歴書」（日本経済新聞朝刊）の連載が、毎回、おもしろくて、笑える。京大時代、すべて「男子のみ」という求人広告を見て、「あんたら、こんな秀才をみすみす逃してもええのんか」と啖呵を切りたい気分だったそうだ。さすがに大物は、学生時代から自信家で気持ちがよい。お先にどうぞ、なんて言う人は、きっと大物になれないのだろう。

「山の上ホテル」で

「山の上ホテル」で、五十代と四十代の歌人、六十代の編集者、と私。二十代のころは、みずみずしくて、希望にあふれていてよかったですよね、そうですよね、中村さん？　と言うので、そうですか、私はいまのほうがいいですね……。みずみずしさは失いましたけど、四十を越えて得たもののほうが大きいでしょう、と答えた。ほんとうにそう感じていたので、反論したのだが、誰も賛成してくれなかった。

年賀状で「お変わりございませんか」

年賀状で「お変わりございませんか」というような疑問文は、ほんとうにやめてほしい。答えたくてしかたがなくなってしまう。ここと、あそこが、変わりました、と。

よろしく、は抽象的で、便利である。たぶん、私に一番有利になるような行動をとってくれ、の意味だろうが、正月早々、人に依頼をするのもどうかと思う。

ということで、近年、私は賀状の意義がなくなっているように感じている。枚数も減ってきているし、数年後には十枚ぐらいになるかもしれない。一方で、《おめでとうメール》は増えている。気楽でよい。

井の頭線の車内

井の頭線の車内。幼稚園児が、母と学芸会の本読みをしている。華のある可愛らしい子である。こんな年から、もう主役になれる子は決まっているのだろう。

私もいちおう、幼稚園で、主役じみた役をやらされたことがあるが、ひな飾りの最上段で、お内裏様の公家のような装束と化粧をされ、台詞もなく、ただ立っているだけだった。まあ、一番上に立っているから、主役といえば主役だが、目立つのはステージの最前列で踊っている子たちだろう。

いま思うと、私は、むしろ、主役でなく、大道具にされたというべきだ。（たぶん）喜んで写真を撮っていたであろう母が不憫である。

卒論の提出日

卒論の提出日。前日になって、添削お願いします、などと、メールで論文を添付してくる学生が二、三人いた。中身は細かく読んでいられないので、形式的な点だけ指摘する。半年というもの、なだめたり、すかしたり、脅したり、こちらも大変だった。

これで、彼らは卒業し、数年すると、結婚しました、という葉書や賀状をよこすだろう。さらに、数年すると、三人が写っているハワイの賀状になり、ときには四人、そのうち、子どもだけしか写っていない、わけのわからない賀状になるだろう。

しかし、私が思い出す彼らの顔は、四年次で止まったままだ。そして、賀状に写ってパパになった彼らは、英文を訳していて、それ、どういう意味ですか、と私に怒られていた男子とは思えないぐらい、たくましくなるだろう。

一七〇二年刊

一七〇二年刊、バルタサール・グラシアン『思慮深い処世術』の英訳を注文する。最近は、

（むかしなら、考えもしなかったことだが）古書を買っても、独身の私の死後、親族が売り払うだろう、などと思うようになった。

しかし、仮に妻子がいても同じことで、息子、娘が古書に関心がない場合、結局は、売り払うだろう。そういうことがなく、蔵書が何代も売り払われなかった家は、「百年書香の家」と言って、中国では尊敬されたらしい。

私の場合は一代限りだから、一〇〇年は叶いそうにない。買ったというより、あと三、四十年、借りる、というべきだろうか。

某漢方はり療院で

某漢方はり療院で。

――どうもぎっくり腰らしくて。

先生　まあ、昨日は人の身、今日は我が身。何があるかわからないですなあ。

――はあ。じつは、ここ、お休みでしたので、別のところへ行ったんですが、効かなくて。

先生　なにか、グキッときっかけがありましたか？

――ええ、カーテンを引いたとき、ちょっと。

先生　そう？　はい。脈を診ますね、（小声で）うーん、ちょっと違うなあ。

――はあ。

先生　真ん中ですか？　右、左どちらかが痛い？　前かがみが痛い？

――えー、真ん中ですね。そうです、顔が洗えなくて。膝をついて、片手で洗っています。

先生　うーん、かばいながらね。はい、足を失礼します。では、ゆっくりうつ伏せてください。入浴はしないでください。悪化しますから。

――はい。

先生　はりを張っておきますね、神社のお札のようなものです。段々効いてきますから。冷や酒と親の小言ですな。

令夫人　仲間と熊野古道を歩いてきたんですけど、六十代、七十代でしょ、二倍時間がかかっちゃって。

先生　なに言ってんだ、ノアなんて箱舟に乗ったとき、五百歳なんだから、まだ、その半分もいってないよ。

――はあ（笑）。

耳鼻科待合室

耳鼻科待合室。中一ぐらいの男子が母親と来ていて、なんと、分厚い岩波文庫を取り出して、読み始める。

私が、岩波文庫なんかを買ったのは大学になってからだ。会話を漏れ聞くと、麻布中学らしい。ふつうの男子なら、漫画やゲームを取り出すだろう。もう、十三歳で勝負はついているのだ、と思った。

ただ、人生は長い。麻布を出た知人でも、私と同じような境遇の人もいるし、一方、国家の中枢で働く人もいる。どこで、どうなるかわかったものではない。ただ、読書をする人が優位に立つことは動かない気がする。

毎週、火曜日は

毎週、火曜日は、いつも、表参道の「アニヴェルセル・カフェ」の窓際から、窓外をぼーっと見ている。

すると、顔をくしゃくしゃにして泣いている（ように見える）不細工な女性が通り過ぎ、目が合った。

ほんとうに泣いていたのか、泣き顔になってしまう病気かなにかだったのか。もらい泣きしそうになる。とくに、美人が泣いてもどうということはないが、不細工な女性の泣き顔には迫力があり、哀れを誘い、ほんとうにかわいそうになる。もちろん、美醜にかかわらず、みんな、なんらかの悲しみは抱えているものであるが。

家から徒歩十五分ぐらいの

家から徒歩十五分ぐらいの実家へ向かっていると、歩道の向こうから子どもと青年が走ってくる。脇へよけると、その青年が、「こんにちは」と言ってきて驚く。三十年前、わたしが家庭教師をした（というかさせてもらった）、弟の同級生だった。

彼の子どもは父親にそっくりである。たぶん、彼は四十四、五歳だが、三十代にしか見えない。いや、ぼーっとしていると、三十年前の中学三年に見えてしまう。何を話したらいいかわからず、じゃあまた、と別れると、うしろから、ダレ、アノヒト？　というかわいい声が聞こえてきた。彼はいったいなんと説明しただろうか。

超傑作ドラマの

超傑作ドラマの「あすなろ白書」で、財閥の御曹司である松岡が、掛居保に冷たくされ、無謀運転をして、対向車と正面衝突し、死ぬとき、病院で、おれ、ほんとうは、文学とか、芸術とかがやりたかった、と言うシーンがある。ほんとうは経済や政治、幾何学、まして、簿記会計、民法がやりたかった、と言うことはない（だろうと思う）。なぜなのだろうか。

スウェーデンの玩具会社が

スウェーデンの玩具会社が、伝統的な男女の概念を踏襲「しない」ようにと勧告された（例＝男児が青い服で戦争ごっこ。女児がピンクの服で、お人形遊び）。

これからは、女子の部屋は、男子より整頓してあるべきだ、などと個人的に考えるのはいいが、それを言ったり、前提にするのは許されない時代になっていくだろう。

こういう、男の子は外でスポーツ、女の子は室内でお絵かき、のような発想は、たしかに危険である。男は外で稼ぎ、女は家で家事をしろ、という野蛮な発想につながるからだ。

スウェーデンのやったことに対して、そこまでやらなくても、という男子学生もいたが、因習を打ち壊すには、これぐらいの強引さがいまや必要だと思う。

二十二年前、東京日仏学院

二十二年前、東京日仏学院。ラテン語のクラスに出ていて、ある週に休むと、家に資料が送られてくる。差出人は山田京吾（仮名）、男性である。

クラスに男はふたりしかいないので、名前は知らなかったが、あ、あのおじさんだとわかる。当てられても、絶対に訳読をしない、しかし、絶対、休まずに来る、年金生活者っぽいのにスーツの男性。小市民ふうだが、ラテン語は（たぶん）読めるのだ。取締役というほどのオーラはなかった。

翌週、「どうも」と、お礼を言うと、微妙な薄笑いを浮かべていた。席に着くと、横にいた中年女性が、私が送ったんです、と言う。女から封書が来ると、私の母が訝しく思うかもしれないと考え、京子を京吾に変えたのだと言う。気の遣いすぎだろう。この思いやりのある女性も、数年前、独身のまま亡くなったと知らせがあった。合掌。

マルクス・アウレーリウス

マルクス・アウレーリウスというストア派の哲人皇帝が、キュウリが苦いなら捨てたまえ、道にイバラが多いなら、横へ曲がりたまえ、なんでこんなことが俺に起こるのかと、ぐちぐち言ってはならない、と言っている。真理である。

ただ、問題なのは、トラブルの発生源が、家族だったり、学生だったりした場合は、捨てたり、曲がったりできないことである。

ただし、愚痴を言わない、という部分は、アウレーリウスの永遠の叡智として生きてゆくだろう。

手が熱い

手が熱い。ヒーリングパワーらしいと知って、実家の母にそう言うと、じつは母の手も暖かいという。そして、おばあちゃんも熱かったのよ、と言う。そして、私が歯痛のとき、数珠をもった手を当てて、直したりしていた、と言う。全然知らなかった。ヒーリング能力は、遺伝するようだ。

コンビニで、ふと

コンビニで、ふと、レジの後ろを見ると、リステリンの小瓶があった。リスター教授だ、と思う。英国人外科医のジョセフ・リスター男爵／教授の名前を取ったのが「リステリン」である。彼が世界初の、無菌手術を行ったからだろう。リスター教授がこのうがい薬を作ったわけではない。それまでは手術をすると患者は死んでいたが、彼が手を洗い、白衣を着て、手術道具その他を殺菌してからは、死ぬ人が激減した。それまでは、細菌、殺菌という概念をまわりが認めようとせず、彼も無理解に苦しんだ。見えないものの存在を信じるのはむずかしいものである。

とにかく、医師には

とにかく、医師には、自分の子ども、親だったら、いま目の前にいる患者と同じ投薬・治療をするか、という一点だけを考えてもらいたいものだ。

生理学の高田明和教授が、診療は、しょせん他人事です、まちがったら、全力はつくしましたが、と頭を下げればいいんです、と本に書いてあって、空怖ろしくなった。彼は基礎医学なので、臨床家を揶揄したのだろうか。しかし、真実らしい。

というのも、そういう医師が、自分の子どもの診断だと、迷ってしまって、方針が決められず、別の医師に診てもらうという。

赤の他人なら、こんなところでいいだろう、と簡単に手を打って、決断できる。ところが、わが子になると、不安になり、他人のときには考えつかない、さまざまな治療の選択肢を思いついてしまうのだという。

四人しかいない

四人しかいないクラスがあり、演習室でやっているため、すぐ横にいる男子の鞄が、いやでも見えてしまう。

弁当箱があったので、君、弁当男子？　と訊くと、父が作ってくれます、と答えた。幸せな子である。母親は、とても料理が下手なんだそうだ。

食事や弁当は妻が作るもの、などという根拠のない因習がなくなって、いい時代になりつつある。得意なことを、男女がそれぞれがやればよい。

前原光榮商店という

前原光榮商店という、宮内庁御用達の傘を使ってきた。ほんとうはいけないのだが、つい、杖のように地面をつくので、先端が崩れてくる。十数年前に買ったものである。本来は二十年はもつらしい。心斎橋の老舗へ修理に出すと、五〇〇〇円かかる。しかしさらに十年もつなら安いものだ。

値段は一万数千円だったから、一か月当たり一一〇円になる。ヴィニール傘より、結局は割安になる、と言いたいところだったが、実際に計算してみると、十年間、あっ、雨だ！　と、コンビニで、年に四本ヴィニール傘を買いつづけた場合のみ、この傘のほうが割安になる。

しかし、把手のマラッカ籐や楓の感触など、愛着とか、心地よさは、ヴィニール傘からは絶対に得られない。長期的には、いま実証してみたように、たいして経済的には差がないし、心の豊かさが残る。いま（というか、つねに）必要なのは、目先の利益だけを考えない、長期的な視点だろう。

私が尊敬する

私が尊敬する知り合いの教授は、私と同じぐらいの年だろうが、とてもせっかち（そう）なのに、なんと、水出し珈琲を淹れているという。ふたりで、毎年、酒宴を二回ぐらいもつのだが、そこで彼が（べつに秘密ではないだろうが）ぼそっともらした。朝は温めるだけで、前の晩にセッティングして十時間ぐらい（！）水を落とすという。実に優雅なものである。

親しく話してみないと、ほんとうに人はわからない。はたから見ているだけでは、あんな短気そうな人が、水出しコーヒー！　と驚くはずだ。ほんとうは短気ではないのかもしれない。

すると、私を傍観しているだけの人は、私についてかなりまちがった考えを持っているのではないかと、不安になってくる。私が、見かけと違って、ジャズダンスを習っている、日舞の名取だ、と言ったら、みんな、驚愕するだろう。嘘であるが。

ご冥福を祈ります

ご冥福を祈ります、と口に出して言う人は、死後の世界＝冥界＝霊界という所があって、その存在を信じ、そこで故人が肉体を捨てて、たましいとなり、その魂が、霊界でさらに生きつづけ、数十年から数百年後、現世に再生してくる、と信じている、と思っていいのだろうか。

深川不動尊

深川不動尊。若い僧侶たちが、護摩壇や法具を掃除したり、清めたりしている。掃除というのは、綺麗にすることだが、その代わりに、別のところが汚れる。ゴミは、場所を移動するにすぎない。

護摩壇の「すす」は、掃除機で吸い取られ、燃えるゴミとなり、燃やされ、空中に放出されて、微細なゴミとなる（それが降雨で、また大地に落ちてくるのだろうか）。

むかし、汚れた雑巾は、川で洗われ、ゴミは最終的に、海に沈んだ。いまは、浄水場のフィルター（があるのかどうか知らないが）にひっかかって、そのフィルターが燃えるゴミになるのかもしれない。

きっと、どこかの海の底には、海流のかげんで、世界中のゴミが溜まっている場所があるような気がする。

要するに、掃除とは、拡散した異物と思われるものを、別の場所へ集積させる、ということだ。綺麗にする、という表現は、綺麗にした分、ほかが汚れる、異物の排除、排他的、自分のところがよければいい、ともなりかねない。

「代替物」が

「代替物」があるかどうかが、その地域、国、人の文明度、というか、民度を決めると、私は思っている。たとえば、カフェインレスのコーヒー・紅茶、同性婚である。カフェインが摂取できないなら、飲まなければいい、と私に言い放った少し前の日本の医師は、野蛮極まる人間だった。いまもって、ディキャフェがあるカフェは、少ない。まだまだ野蛮である。

高野山の宿坊に泊まるとわかるが、まるで肉かと思うような精進料理が出てくる。肉が食べられないなら、それに近い歯ごたえ、食感のものを作る、これこそ文化だろう。

　そして、同性同士、結婚できないのだから、高い税金を払いつつ、控除も受けず、手術の同意書も書けない状態で生きろ、というのも、きわめて野卑な考えである。先進国で同性婚がないのは、日本だけだ。

　というように、日本人は、日本を文明国だと思っているかもしれないが、台湾などと比べても、まだまだ日本の民度には伸び代がある。

最近、大瀧詠一のＣＤを

　最近、大瀧詠一のＣＤを買って知ったが、「恋するカレン」の「おおカレン、浜辺の濡れた砂の上で抱き合う幻を笑え」を、二人が抱き合う愛の歌だと何十年も誤解していた。大瀧も、文末の「笑え」を、たぶん意図的だろうが、弱めに歌っている。抱き合う妄想。ほかにも、人生には、こういう、ああ勘違い、がまだたくさんあるにちがいない。

私専属の

私専属のシャンプーボーイの指使いは、絶妙で、かなり気持ちがよい。

ふと、ひらめいて、指先が繊細なのは、ピッチャーだったからじゃない？　と言った。たしかに、今日はボールが指先に乗る、というような感覚があるらしい。野球をやめて、美容師になったわけだが、人生に無駄はないね、と言っておいた（私の人生には無駄があったが）。

「椿屋」

「椿屋」。いつ来ても、このカフェには、業界人のような人がいて、僕のコンセプトではそうです、とか、じゃあ契約書は来週、とか、なんとなく、生ぐさい。いい隠れ家的カフェなのに、客の質がふつうとは変わっている。私もその客の一人だが。

アーティストのものの言い方はすぐわかる。僕の感覚が、とか、僕の経験がそうだと言ったじゃないですか、とか、僕の価値観が変わるじゃないですか、とか、僕、僕、僕で生きていかれるのだから、いいものだ。

私も、一度、僕の考えでは、とか、どや顔で言ってみたい。授業、講義、演習では、（私の場合）極力、主観は排するので、アーティストのエゴティズムは、ちょっとうらやましい。

大学時代、重い鞄を

大学時代、重い鞄を左肩にかけたまま、右手だけで、教室の机を移動していたら、アメリカ人神父の教授に、「Use both hands.」と叱られた。

いま考えると、含蓄が深い。片手間にやるな、やるときは何でも全力でやれ、ということだ。

人間ドック

人間ドック。血圧を三回計られる。最初は、「一四〇・九八」で、「高すぎる」と言われ、深呼吸の後、「八七・三七」。今度は、「差がありすぎる」と言われ、また計る。「一二四・七五」となり、「これにします」という。心理状態で、いくらでも変わるものらしい。

しかし、この検査のやり方は明らかにおかしい。計測するほうに、最初から理想の値があって、それに近づけるのですか、と抗議しようと思ったが、そんなことを言って、血圧が本当に上がると困るのでやめておいた。

大学

バスと電車が

バスと電車が遅れ、太極拳のレッスンに遅刻する。遅刻するとスタジオに入れない、という規約があるので、外からガラス越しに見学する。見ているだけでも、勉強にはなる。するると、気づいたおばさんたちが中から手招きをする。いえ、規則ですからけっこうです、と手で合図するが、執拗なので、入る。おばさんは強く、頼りがいがある。

別のスポーツクラブでもそうだったが、遅刻するとスタジオに入れない規則は厳格である。「安全確保のため」というのだが、ほんとうの理由はなんなのか。最初のストレッチをしないぐらいで、安全を脅かすことにはならないだろう。

この規則を大学の授業に応用できるかとも、一瞬、思ったが、そもそも、私自身が、あまり時間どおりに行ったことがなかった。それをさしおいて、学生に遅刻するな、とは言えない。しかし、教員が先に来ていたら入れない、という規則は、ぜひ、ほしいところである。

事務室の、四十代の

事務室の、四十代のおねえさん二人が、木の陰に隠れていて、「わっ！」と叫んで、私を驚かせる。いったい、何歳なのだろうか（四十代だが）。かなり私はなめられている。どうにかして、私が通ったら、会釈では足りずに、思わず五体投地をしてしまうぐらいの威厳を身につけたい。私の指導教官などは、神棚から聞こえてくる声、と言われ、あたりを払うような威厳があったということだ（他人事のように言うのは、私にはもっと親しみがあったからである。従僕に英雄なし、と言うではないか）。

思わず頭を下げたくなる威厳とは、たぶん立派な宗教家あたりだろうか。ローマ法王や、ダライ・ラマが、ヴァティカンや、ダライラマ法王庁の事務職員に、廊下などで、わっ！　と驚かされていることは、絶対にない、と断言できる。

事務職員に

事務職員に、会議のあと、「お疲れさま」と言うと、「十年前、先生の授業をとっていました」と言う。まったく覚えていない。「テクストはなんでしたっけ？」と訊くと、むこうも、覚えていない。ひどいものだ。

気になって、「単位はあげましたっけ?」と訊くと、「最低の「可」をいただきました」と言う。成績だけは覚えているのだ。うっすら腹の出た、三十代の青年である。たしかに「優」というオーラは出ていない。

一年間、顔を合わせていて、いまごろ言うか? という感じ。こういう、私の恥ずかしい授業を受けた事務職員が大学中にいると考えると、身の引き締まる思い……は全然しない。もう取り返しはつかないのだから、開き直りである。

内定が出た、と

内定が出た、と、ゼミ生からメールがある。有名な企業である。かなり安堵する。ということは、無意識のうちに、私は彼らをつねに心配しているらしい。ゼミナールを担当するということが、けっこう彼らの私生活レヴェルにまで関わりを持つことになりうるとは、考えもしないことだった。

卒業したり、留年しても、内定がない学生はほんとうに気の毒で、どうにかしたいと思うが、私にできるのは祈ることぐらいしかない。

しかし、いま、内定を得ることが、本人にとってよいことなのかどうかはわからない(本当は別のことがやりたいという場合もある)。だから、内定がもらえますように、と祈ることはない。

祈るとすれば、本人にとって最善の結果となりますように、となるだろう。

ときどき、試験の

ときどき、試験の答案の最後に、一年間ありがとうございました、と書いてあることがある。親しい学生でないかぎり、私的な気分としては、申しわけないが、ちょっとうっとうしい。しかも、成績が悪い学生にかぎって、そんなことが書いてある。むしろ、逆効果だ（べつに点を下げたりはしないが）。もちろん、こういう言葉を喜んで、点が甘めになる教員もいるかもしれない。相手の性格をよく観察したうえで、書く必要がある。

奨学金の推薦状

奨学金の推薦状。ほめにほめて、ほめちぎる。頼まれたとき、困ったな、と思うような学生でも、探せば、いくらでもほめるところは出てくるものだ。絞ったぞうきんを、さらに絞るように。

それにしては、推薦状を書いた過去二人の学生が、そろって不採用になったのは、ほめすぎて、かえって反感を買ったのだろうか。成功例がないので、どうもほめかげんがわからない（その後、この学生は奨学金の獲得に成功したことがわかった。あれぐらいほめればよいのか）。

ゼミナール合宿最終日

ゼミナール合宿最終日、滞在先に突然、津波注意報が出て、サイレンが何度も鳴り響く。一昨日、駅に着いたとき、レストランで、ここに津波が来たら、どこへ逃げたらいいのですか？　と訊いておいたのだが、まさか現実のものとなるとは。すぐ旅館の駐車場に出たが、学生たちは避難したくなさそうだった。

所持品フル装備で逃げる気満々だったのは、私だけだ。旅館の女将は、高台に避難所を私的に持っているから、そこへ車で行ってもよい、「私に命を預けてよ」などと恐ろしいことを言う。

この宿のすぐ隣は河口、二分も歩けば海岸だ。ニュースは海岸、河口には近づかないでください、とくり返す。まさに、もっとも危険なところにわれわれはいる。

津波到達までは二時間あるが、避難所までは歩いて三十分らしい。速断を迫られる。いちおう、１１９に電話して訊くと、「今すぐ避難を求める状況ではないが、情報収集に努めてください」とマニュアルどおりの対応をされてしまう。しかし、折り返し電話があり、いま、避難所を中学校に開設しました、と言う。

「さあ、高台の中学校へ行こう!」と大声で私は言ったのだが、「え〜」と反応が鈍い。先生一人で行ってください的オーラを感じる。

加えて、3・11のときでさえ、ここはなんでもなかったですよと、海千山千の女将に言われ、いちおう各自部屋に戻る。しかし、あのときの津波は北からだが、今回は南から(フィリピン)で、状況が違うだろう、とぶつぶつ心中で言う。

自室に戻り、背筋を伸ばして腹式呼吸をし、真言を唱え、自我を消そうとするが、動揺していて、なかなか冷静になれない。判断が降りてくるのを待つが、もやもやしたままだ。

学生十数人の命がかかっている。しかし、夜中に歩いて避難し、真夏の暑い体育館で過ごすリスクと、翌朝、なんにもなかったじゃないですか、と責められるリスク、予想波高はたった五十cmじゃないか、という声が、心のなかで激しくぶつかる。

そのとき、ニュースが、ふつうの波とは違います、五十cmでも人は流されます、などと言う。横になる。ウトウトしかかると、すぐ近くの河口の水位が上がり、旅館を飲み込むイメージが浮かんでくる。

このイメージは、天啓ではなく、エゴの生み出す恐怖にすぎないと思いつつ、ウトウトしつづける。ほんとうに危険なとき、これまでの人生では、(耳ではなく)頭のなかに「止めろ!」とか、「違う!」という、無視できないほど大きな声が響いた。今回はそれがない。

たぶん、避難する必要はないのだろう。いや、寝不足だから、心の声も鈍っていると、半分寝ながら考える。何分かたって、完全に寝てしまうと、ドアをノックする音。四年生が、注意報、解除されました、と言いに来てくれる。

大いに安堵して、男子の部屋に行くと、そこでは彼らが、ニュースも見ずに、酒を飲みながらカードゲームに熱中していた。

ゼミナール合宿最終日の夜

ゼミナール合宿最終日の夜、（私物の）柿の種数袋とノンアルコールビールが余ってしまう。持ち帰るのは重いので、取りに来てくれないかと室長へ携帯で電話すると、いまうかがいます、と言う。

ところが、ドアを開けると、そこには、なんと、ゼミ生全員が立っており、わっ、と部屋になだれ込んできた。止める理由がないので放置したが、変なものを置いておかなくてよかった。

室長は私のベッドへかってに横たわる。サイドテーブルの鼻炎薬を手にして、じっと効能書きを読んでいる男子。デスクの引き出しを開けたやつもいた。

前に宿泊した教員が、妙なものとか、恥ずかしいものを引き出しに放置していたら、大変なことになっただろう。こいつらは、危なくて、全員一緒に自宅へ招くことなどはとうていできないな、と思った。

先週、「Bunkamura」の

先週、「Bunkamura」の「カフェ・ドゥ・マゴ」で、「こんな寒いテラス席に来る学生はいないだろう」と、正真正銘の「つぶやき」としてツイートしたら、「僕、行きたいです」と、リプライを飛ばしてきた男子がいた。

「じゃ、どうぞ」と言ったら、「同じ部の後輩を三人連れて行きます」と言う。翌週、四人でランチを楽しむことができた、寒かったが。

教員と何も関係を持たずに卒業してしまう子と、うまく利用する子と。われわれは基本的には、利用してもらいたいと思っていることが多いと思う。

今週は、休暇中なのに

今週は、休暇中なのに、連続八日間、毎日、人と会わねばならず、超多忙である。こんなことは人生で初めてかもしれない。

春休み、夏休みは、例年、カフェのレジで、「カフェインレスミルクコーヒーM」としか言葉を発しない日が四十数日続く。

だから、新学期の最初の二週間ぐらいは、心も内向きで、滑舌がとても悪い。今年はよく口を動かしているから、初回から、どんどんいけるかもしれない。

金箔の装丁

金箔の装丁（菊地信義氏）がすばらしいというので、作品社の『純粋理性批判』を買ってしまう。読めるだろうか。ゲラを十回もやり取りして推敲した訳文だという。じつは岩波の『カント全集』は持っているのだが、数ページしか読んでいない。

読み始めると、「序論」の書き出し、「私たちの認識はすべて経験とともにはじまる」で、いきなり考えさせられる。経験していないことでも認識することがあるからだ（夢や霊視、霊聴など――スウェーデンボルグによる火事の霊視は有名である）。一文ずつ考えて読んでいたら、たぶん最後にたどり着くのは四十年後になるだろう。そもそも、このカントの言う「認識」が、私の考える認識と同じかどうかさえあやしいものだ、などと言うと哲学者に嗤われるだろうが。

古書の値段から

古書の値段から思うこと。綿密に調べ上げ、学者が半生をかけたような分厚い労作は、大手古書店チェーンに持って行っても、たぶん五十円だ。

一方、芸能人がゴーストライターに書かせたベストセラーは一〇〇円かもしれない。しかも、その学術書は、神保町の専門書店へ持って行ったとしても、需要がありません、と言われ、買ってくれない可能性が高い。つまり、〇円。

結局、マイナーな分野の本は、市場原理社会では価値がない。読む人が世界に数百人ぐらいしかいないとすると、この学者の人生は、本を上下逆さまにしたまま、すらすら読めるようにする努力と同じように、むだな人生ということになってしまう…はずがない。本人は主観的に、価値のある人生だと思っているだろう。そうでないと、生きていけない。幸か不幸か、私は「学術書」を書いたことがない。

振り返ってみて、どうも

振り返ってみて、どうも、時間を守らない学生の多くは、内定をもらうのが遅い、ないし、取りにくいことがわかる。時間を守るというのは、じつは大変なことで、前日から体調を整え、朝、冷たい牛乳を発作的に飲んだりしない、など、慎重な行動が必要になる。そのうえ、完璧にしたつもりでも、電車などが遅延したらアウトなのだ。時間厳守には、運も荷担している。

というわけで、時間を守るために必要な社会人力（?）というものは大きい。逆に言えば、時間が守れるような体質に変えてゆけば、内定が取りやすくなるのではないだろうか。来年度は、ゼミナール生に、きちきちと時間を守らせることへ心血を注ぎたいと思う。

ずっと、坊主にしていた

ずっと、坊主にしていた、と高校で野球をやっていた学生が言うので、「坊主頭と野球の能力は関係あるんですか?」と訊くと、「気合が入る、髪はじゃまだ」と答えた。

それならば、生活がかかっていて、もっとシヴィアなプロ野球選手も、みんな、坊主にするはずだろう。論理的におかしい。ただ、みんな坊主だから、コーチに言われたから、という、何も自分で考えない人生だ。

大学では、高校までの、そういう非科学的で、無反省で、盲目的な追従を捨て、自分の頭で、納得のいくまで思考してもらいたいものである。

たとえば、六年間、英語をやったのに、話せないのはおかしい、などという常識（?）的意見を疑うことが必要である。こういうことを言う人は、ほんとうに、ネイティヴと一対一、少なくとも、四対一で、英会話の練習を、週二、三回、六年間、やったのかどうか、反省してみる必要がある。英文の括弧のなかを埋めたり、下線部を和訳したり、本文の内容と一致するものを三つ選んで、解答欄にマークすることを、たとえ六年間、いや五十年間やっても、英語は絶対に話せるようにならない。

一方、企業に入ると、また、高校以前のように、有無を言わせず従わせる、といった風潮が、とくに日本の企業にはあるだろう。自由な思考、特に、発言は、気楽な大学時代だけの特権かもしれない。しかし、わずか四年間であっても、この特権を行使したか、しなかったかの差は大きいと思う。

高校野球などを

高校野球などを見ていると、球児たちは実にさわやかな感じがする。ところが、体育会系の学生というのは、近くで見ると、とても爽やかではなく、むしろ動物的である。授業中など、ちょっと視線を送ると、常人の五倍の速さで気づく。野球部もそうだが、柔道などの格闘技系が、とくにそうである。なにか油断ならない感じがする（ぼーっとしている子もいるが）。アスリートはテレビで遠くから眺めるのがよい。富士山と同じである。

試験において

試験において、質のよい誤り（とは、どんなものかよくわからないが、勘違い的なもの）はよいとしても、「両生類が進化して魚類になった」という類いの、授業を根底からひっくり返すような誤答を読むと、ほかの答えがいくら合っていても、零点にしたろか、と思う。

医師の国家試験でも、禁忌肢問題といって、それをいくつかまちがえると、ほかがいくらできていても、不合格になる地雷のような問題が隠されている、と医師から聞いたことがある。医学部と違って、人命を左右するようなことはないが、人文系にこれを取り入れていけない理由はない。

理系の人がときおり

理系の人がときおり、研究室のことをツイッターやブログに書いている。そこでの人間関係、教授から出される無理な課題のこなし方、というか、いなし方などが、とても興味深い。

一方、人文系の「研究室」は、物理的な部屋そのものをさし、教員個人のもので、他人が入ってくることはない（清掃業者などを除く）。

意外なようだが、学生が入ってくることもない（私の大学の場合。入れる大学もある）。学生との面談はガラス張りの面談室でやることになっている。

そのため、研究棟は、しっとりとした感じで、無音。修道院のように、いつも静まり返っている。私はトラピスト修道院の奥深くへ入ったことがあるが、知らない人に、ここは修道院ですと言ったら、十人のうち、五、六人は信じると思う。

だいたい、理系のように、毎日、研究室へ来る人は、アメリカ流を取り入れている教員以外はまれである。週に一、二回しか行かないのがふつうだろう。静かなはずである。研究室は、したがって、われわれにとって、「休憩室」か、「書庫」、「仮眠室」、授業前に顔や髪型を鏡で確認する「楽屋」、「荷物置き場」、冬は「係員のいないクローク」である。

ひどい場合は、他大学だが、研究室に酒を常備し、「バー」になっているところがあると聞いた。研究室の壁に、「あたりめ」などと、酒の肴の名前を貼ってある教授がいたという。

われわれが、勉強、研究をするのは、こういう「研究室」ではなく、自宅か、カフェ、電車のなかが多いと思う。

数学というのは

数学というのは、いや、算数のレヴェルでさえ、あの世を想定しないと成り立たない。つまり、平行四辺形のAとCを結んだ対角線を引く、などと言っても、そもそもこの世に平行四辺形などは存在できない。必ず誤差があって、完全な平行になることはないからだ。しかも、インクの厚さがあるから、平面になることもない。物質界の限界である。

だから、問題としては、以下の平行四辺形はこの世には実在できないが、どこかにあると仮定する、とでも言うべきだろう。どこに「ある」かといえば、霊界とか、あの世というしかないだろう。よくわからないが、イデア界と言ってもいいのかもしれない。

そういえば、高校の物理でも、摩擦はないものとする、という問題があったが、あれも、この世ではありえない。かならず摩擦は存在する。いわば、数学的に(=あの世的に)解け、ということだろう。

しかし、物理学は、この世のもの、物質界を扱っているので、そこが数学とは決定的に違う。ケンブリッジ、キャヴェンディッシュ研究所の教授が、「実験しなければ物理学は何の意味もない」とむかし言っていたが、この言葉は、端的にそのことを表しているだろう。

コンピュータとか

コンピュータとか、タブレットとか、スマートフォンでは、ミクロの光の明滅が像を結び、画像や動画となって、人を興奮させたり、感動させたりするのだから、おもしろい。デジタル映像、と言うけれども、われわれの視神経が脳へ伝える電気信号（だと思う）はアナログなのだろうか。よくわからないが、細かくしていくと、結局は、デジタルになってしまうのではないだろうか。無段階でつながるのではなく、隣と隣がとんでいる、というか、不連続な状態に。量子力学でも、そんなようなことを言っていた気がする。

入試の採点の休憩時間

入試の採点の休憩時間。コージーコーナー（レヴェル）の菓子が回ってくる。今年は、例年のシュークリームに、チョコレートのトッピングがあって、おお、レヴェルアップした、と教員たちも歓声を上げる。採点業務で、頭が狂ってしまい、どうでもいいことに感動してしまうのである。

ある年、どういうわけか、一人分、菓子が足りないことがあり、その若い講師か、助教授（当時）は、僕のシュークリームがない、と涙目で抗議したらしい。

採点はこのように、正常な人間性を破壊するほどの激務である。大昔、ある大学などは、採点が何週間もつづき、紛糾し、つかみ合いの喧嘩、怒鳴り合いが当たり前であったという。

学生から、メールの賀状が

学生から、メールの賀状が来る。いまはこれがスタンダードなのだろう。ちょっと味気ない気もしないではない。住所を教えてもいいのだが、私の住所がわかったからといって、彼らが賀状を書くかどうかはかなり怪しい。それに、賀状が一枚でも多くほしいわけでもない。

二十数年前、前任校では、ゼミ生に住所を教えていたが、ある年、車で、深夜、大音響を立てながら、レポートを自宅の郵便受けに入れにきた学生がおり、それ以来、あまり、個人情報は出さないようにしている。

うちに来る学生は

うちに来る学生は、駅からバスに乗らなくてはならない。気の毒だ。将来は、気軽に来れるよう、ぜひとも、山手線の内側に住みたいものだ。それなら、家が散らかっていた場合でも、家の中ではなく、近くのお洒落なカフェなどに行かれる（すると、家に来る意義はないかもしれないが）。
大学時代、ある教授の家に呼ばれたことがあるが、電車で、日本海に出るんじゃないかというほど、ずっと西へ進み、なかなか来ないバスに乗り、さらにバス停からくねくねと歩かなくてはならなかった。二度と行きたくないな、と思ったものだ（もう一回行ったが）。

春合宿。湯河原。

春合宿。湯河原。
男子―海鮮丼の「並」、八個お願いします。
女将―並ね。これはどういうグループなの？
男子―えー。
女将―会社の同僚？
私―なんだと思います？
女将―うーん。
男子―大学です。
女将―全員、大学生じゃないわよね？

私――はい（笑）。
女将――先生はいくつ？
私――えっ、歳ですか？　昭和三十八歳です。
女将――えっ、やだ、三十八歳じゃないわよねー。昭和何年？
私――ですから、昭和三十八歳ですって！
女将――あら、やだ、昭和三十八歳だって、ワハハハ。いくつなのかしら？
私――五十四です。
女将――まあ、私二十四年だから、十四違いね。若く見えるわよね。
私――はぁ。

大学時代、ラテン語のクラスは

大学時代、ラテン語のクラスは、陽気な日本人神父の副学長が教えていたが、文法の説明は自分で読み、クラスでは練習問題だけをやるという方法だった。

この画期的な方法で、いちおう一年間で最後まで終わったから、いい授業だったと思う。しかし、最初、三十人ぐらいいた受講生が、最後には五、六人になっていた。これは先生のせいではなく、ラテン語の授業はどこの大学でもこんなものだ。

その副学長は、のちに学長にもなったが、卒業生の懇親会で、先生は神父でいらっしゃるから、と言うと、いえ、僕、神父じゃありません、子供もいます！　と大声で否定した。二十年間、私は彼が神父だと思い込んでいたことになる。

ニュージーランドのオークランドに

ニュージーランドのオークランドに四週間いたことがあるが、滞在先の家の息子が、オークランド大学の学生で、名前がHamish「ヘイミッシュ」だった。それ以降、この名前の人に会ったことがない。というようなことをゼミナールで話すと、学生が、シャーロック・ホームズのワトソン博士のミドルネームはヘイミッシュだと教えてくれた。なぜ、そんなことを知っているのだろうか。

さらに、調べてみると、Hamishは、元来、スコットランドゲール語で、英語のJamesと同語源だった。なぜか、ふと、いまでも、「ヘイミッシュ」という「音」が懐かしく、あの大学生を思い出すことがある。いまはもう、四十五歳とかのはずだ。

日日(二)

木曜は、駅近くの

木曜は、駅近くの総菜店で、鮭弁当を買って帰ることが多い。いつか、バスから降りるとき、弁当の透明なカヴァーがずれて、中身が袋のなかにこぼれていたことがあった。

それ以来、それを避けるため、歩くとき、座るとき、つねに弁当は水平に保ち、一分おきに、フタがずれていないか確認する羽目になっている。

縦にしてもフタがずれず、びくともしないプラスチックの弁当入れがほしいところである。本を横にして(というか、表紙を上にして)持つ人はいないが、本のように持てる弁当——。

出先から戻るとき

出先から戻るとき、地元の駅ビルで総菜を買うなら、降車駅南のほう、家近くのコンビニで総菜を買うなら、バス停に近い、降車駅北のほうで降りる。というように、夜、何を食べるかで、電車を降りるべき位置が、乗車駅（例、東京駅）の段階で決定される。

段取りを厳しくすると、こういう生活のしかたになる。しかし、考えてみると、乗車駅のプラットフォームで歩こうが、降車駅のプラットフォームを歩こうが、労力は同じである。人の多さなど、歩きやすいかどうか、ぐらいの差しかない。ドアが開いて降りたとき、すぐ目の前に階段というのが心地よいのだろうか。

逆に、朝、降車駅の階段のある位置に合わせて、乗車駅の立ち位置をわざわざ決めている人がいる、というか、高校のとき、すでに、そういう同級生がいた。十代で、もうこんなこせこせした発想なのはどうかと思ってしまう。

枕を、この五年で

枕を、この五年で、いくつ変えたかわからない。アメリカで、「横向き用」というのが、デパートで二〇〇ドルだったのだが、バーゲンで一〇〇ドルになったのを見計らい、スーツケースにむりやり押し込めて帰ってきたこともある。しかし、寝てみると、使えなくて、捨てた。当然、これはベッド用だから、布団へ直接置くと、上にずれたとき、頭部に板がないから、ずるずるといつまでも止まらないのだ。

今回は、東北の個人商店に、後頭部の形状まで計ってオーダーしたが、どうなるだろうか。

と思って、一週間後、届いた枕に寝ると、まあまあであった。私は低い枕のほうがよい。首の下にすきまを空けないことが重要、頭というより、体の美しい寝姿を保つのが枕の本来の役目です、などと書いてあった。

その後、九十日使ってみたが、どうも、いまいち首の座りが悪い。メールで相談すると、同梱したプラスチックのチップを一〇〇グラム、首の下の部分に入れろ、左右、頭部のチップの量は変えるな、と言ってきた。かならず適正な高さはあります、と力説し、説得力はある。

枕カヴァーを外してみると、内部は四部構成になっており、各部分のチップの量で、頭蓋骨と首のラインにぴったりした枕になる仕組みらしい。これで枕を求める旅も最後になってほしい。

昨晩は、イヤフォーンをしていたのに

昨晩は、イヤフォーンをしていたのに、饒舌なタクシーの運転手に話しかけられてしまう。

宴会が多いんですよね。

——もうかりますか?

昨日、六本木から逗子まで行きました、役員でしょうね。赤坂から千葉とかもあります。

——なんで役員ってわかるんですか? スーツが高そう?

いえいえスーツとかはわからないんですが、平社員なら、まだ九時なのに、二万も三万も払えないでしょう。経費で落とせないだろうし。役員もふた通りありましてね、八時ぐらいの一次会で乗ってくる人、十時くらいにもう一つの山があって、これは二次会の役員ですね。あとは、医者とか、弁護士とか。

――えっ、見ただけで、医者と弁護士ってわかるんですか?!

まあ、そうじゃないかなあー、という感じですけどね。

――あ、そこ、右へ曲がってください。はい、そこでいいです。たった八〇〇円ですみません。

いえいえ、駅からのお客さんはワンメーターですよ、こっちもそのつもりですから、遠くだと心の準備ができていなくて、かえって迷惑なんです。お忘れ物なく!

ビジネスクラスに

ビジネスクラスに乗ったことなどはなかったが、先日、航空会社のカードを持っている親友のチケットがカウンターでアップグレードされ、「四番」の席に案内される。理由はわからないが、たぶんすいていたからだろう。

フライトアテンダントの、われわれへの扱いがとにかく違う。やさしくきめ細かい。これに比べると、エコノミー客はゴミ扱いという気がする（私個人の経験、感想である）。そもそも毛布の厚さ、長さが違う。驚いたことに、頭からかぶって肩に回しても、まだ脚が隠れるほど余裕がある。おかげで、よく眠れた。

エコノミー席でまともに眠れた記憶は一度もないが、座席と毛布のせいだったのだろう。どこでも眠れる神経の太い人はエコノミーで問題ないが。

昼食を同僚と

昼食を同僚と食べていると（こんなことは滅多にないが）、卒業して、まだ二、三年の卒業生と、成田でばったり会い、搭乗のとき、あれ、先生、ビジネスクラスじゃないんですか、と言われ、悔やしかった、と言っていた。いいじゃないですか。出藍の誉れですよ、とは怖くて言えなかったが。

しかし、乗る時期を選んで、エコノミーでも一番後部の席に座れば、そこは広々としている。キャビンアテンダントも、あまり、その場所にはいない。私はいつも、その空間で太極拳をしている。座席を離れさえすれば、ビジネスクラスよりのびのびできる。キャビンアテンダントが見て、変な顔をしたら、太極拳を教えてやればよい。

すごく太った看護師（女性）が

すごく太った看護師（女性）が、私の右目に散瞳薬をさそうとする。「えっ、右目ですか?」と言うと、すでにさしてしまったあと、「あっ、すみません!」と答える。検査は左目だ。「洗い流しますね」と言って、水を目に垂らすのだが、ジャケットや椅子にまで散乱する。「緊張してるんですか?」と言うと、「ええ、ちょっと緊張しちゃって」と言った。とても緊張するタイプには見えなかったが。

ビルの外壁清掃の人に

ビルの外壁清掃の人に室内から一発芸をやるのは、危険だからやめてください、という社内通知がきた、というツイートが流れてきた。これについて、ゼミナールで議論した結果、どんな笑える芸をしても、清掃員が、可笑しくて、思わず自分の命綱を切ったり、外したり、笑ってゴンドラから飛び出すことはありえないということで、虚偽のツイートであることに決定した。

歯磨きを買ったときに

歯磨きを買ったときに、「これは、どれぐらいもつんですか」と訊くと、店長が出て来て、「品質保持期限」というものがありまして、それが設定されていませんので、きちんと保存すれば三年以上もちます」と答えた。なにごとも、最終的には法律問題になるらしい。

結婚指輪をした男子の薬剤師が

結婚指輪をした男子の薬剤師が気持ち悪いほどやさしい。薬の説明をしながら、大丈夫ですか、ストレスとかもありますからね、睡眠もよくとってくださいね、と耳ざわりのよい言葉をがんがんあびせかけてくる。どちらかというと、こういうことは医師から言われたいものだが、医師は、概して、こういう不用意な思いやりを示さないものだ。あまりのやさしさに、まるで私の私生活を知ってるみたいですね、と言ってみたくなる（言わないが）。

先日来た

先日来た、網戸掃除のお兄さんは、なんといったらいいのか、職人気質の有能な青年で、しっかりとした哲学を感じた。大きな組織へ属する人にはない、逞ましさがある。

部屋の吸気口のフィルターは、シャワー等の水圧で落とす、吸気口の回りの汚れは、除菌アルコールのスプレーがよい、壁紙の寿命は七、八年である。壁紙の交換は、家具をすべて中央に寄せて行い、一日で終わる。悪質な業者は、剝がすのに一日、張り付けに一日かかる、などと、いろいろな情報をもらう。博識、と形容してもよい知識だろう。

この青年は、網戸掃除が早めに終わったせいか、やけに私へ身の上話をした。出身地、親のこと、将来。私が尋ねたのではなく、みずから話しつづけたのである。感じが悪い青年なら、私も、うんざりした顔をしただろう。ええ？　うん、それで？　そうなんですか、へー。などと、好意的な相槌を打ち続けたことは否定しない。

それにしても、吸気口の構造、掃除の仕方、器具の値段、などを詳しく教えてくれたのは、エクストラのサーヴィスだろう。すばらしい。

集合住宅で、年一回の

集合住宅で、年一回の、雑配管高圧洗浄の青年が来る。キッチン、洗面所、浴室、洗濯機置場。青いつなぎを着て、てきぱきと、淡々と作業をこなす。ほんとうに、こういう職人系の人からは、しっかりとした、経験に基づく、たしかな教養を感じる。質問しても、明快な回答が返ってくる。

ただ、人生できびしいと思うのは、もし、この青年から、ちょっとでもいやな感じを受けたりしたら、私もいろいろ質問しなかっただろうし、彼の教養の有無もわからなかったということだ。やはり、まず第一歩としての容姿や、第一印象は重要である。

とにかく、まずは店に入ってもらわなければ、店の中身は見てもらえない、と美輪明宏先生もよく書いている。こういうことを二十代で教えてくれる人がいれば、私の人生も変わったかもしれない。私は愛想が悪すぎた、と思う。いまでも、けっしてよくはないが。

「アリー・マイラブ」という

「アリー・マイラブ」（原題 *Ally McBeal*）という、法律コメディードラマで、アリーとルネーという二人の女性弁護士が街を歩いていると、ゲイの青年に、たしか、

「you're a coffee drinker（コーヒーで歯が茶色になってる）」

と言われ、恥じ入る場面があった。それを見て以来、私も、普通の三、四倍、一〇〇〇円以上する高い歯磨きを使って、白い歯をこころがけている。そのうちに、親友から、あれ、歯医者に行った？　などと言われる。ホワイトニングをしたと思われたのだろう。行ってないよ、と答えた。

生卵をご飯に

生卵をご飯にかける、というのは、見ているだけで、気持ちが悪い。あれを口に入れられる人の気が知れない。

しかし、あれをご飯にかけずに、塩、胡椒をいれ、バターとともにフライパンで焼いたオムレツは大好物で（また、私が唯一作れる料理でも）ある。

一方、フライにしたり、鍋に浮いている牡蛎は、とても気持ち悪くて食べられないが、レモンを絞った生牡蠣は大好物である。

なんと人間は、というより、私は矛盾していることか。

むかし、月曜日に

むかし、月曜日に授業を入れない、つまり、大学に出講しなかったことがある。たぶん、一年間だけだと思うのだが、どうも、土・日・月と休むと、背徳的な、悪いことをしているような気分になる。いたたまれなくなって、翌年からやめた。月曜に働くのは、精神衛生上、よいことらしい。

安息日という考えは、ユダヤ・キリスト・イスラームのもので、日本では明治時代からの短い歴史しかないのに不思議なものである。

クリーニングを

クリーニングを持ってきた青年が、ふと見ると、左薬指にリングをしている。「結婚指輪?」と訊くと、「いえ、違うんです」と(微妙な口調で)言う。一分後、気づいて、「あ、女除けね?」と、われながら機転をきかせると、「ええ、それ「も」あります」と答えた。

ほかに、なにがあるのだろうか。

彼が、訪れる午後の奥さまたちに、ちょっとお茶でも、などと言い寄られているのはまちがいない。指輪なんかあっても、関係ないのではないだろうか。余計に燃えてしまう女性だっているかもしれない。

違います

違います、「フジコ・ヘミング」じゃなくて、「フジ子・ヘミング」です、などと、ちょっとしたまちがいも指摘しないと、気のすまない人がいる。看過する、ということを知らないのだ（しかし、同僚に二人もいたのだが、「フジ子・ヘミングウェイ」を見逃すのは、よくないと思う。私は訂正しなかったけれど）。

人の誤りに誰よりも早く気づくような秀才は、頭も切れ、論理的である。逆に言うと、ネガティヴなことに敏感だという意地悪な見方もできる。いつもあら探しをしているメンタリティだ、と。

人の誤りに気づいても、私のように（気が弱い、シャイなどの理由で）黙っていればよいが、人のいる前で指摘し、恥をかかせたりする無慈悲な秀才は、理系の学者でさえ、あまり出世しない（らしい）。

有能で、まちがいには気づくが、指摘しないで黙っている、ないし、蔭で、こっそり本人にだけ指摘する、といった「大人」が、出世し、上に行くのは、大昔から変わらないし、これからも同じだろう。

新宿のインド料理店

新宿のインド料理店にいたら、いきなりベリーダンスが始まり、びっくりする。インドはベリーダンスの国だっただろうか、トルコじゃないのかな、と疑問符が脳内をわさわさと回り出す。動揺したせいで、タンドリーチキンの丸い小さな骨を飲み込んでしまう。のどを通過するとき、一瞬、まずいかな、と思ったが、どうにか降りていってしまった。尖ってはいなかったはず。帰宅してから、不安になり、ネットで「骨+飲み込む」と検索しても、犬がフライドチキンを飲み込んだのですが、どうしましょう？　という質問ばかりで、人の例がない。

しかし、知人の医療関係者によると、骨は胃で溶けるらしい、と聞いて安堵する。翌日、定期検診に行った（消化器が専門でない）内科医は、うーん、としばらく考え込んだあと、溶けずにそのまま出るんじゃないですか、と答えた。

私が骨を飲み込む原因となったベリーダンスは、顔馴染みの支配人に聞くと、三年前に、突如、始めたらしい。人騒がせな企画である。客が驚いて骨を飲みこむからやめたほうがいいですよ、と言ったわけではないが、まもなく、ダンスはなくなったらしい。

現実的なことに

現実的なことに、私より格段すぐれている賢弟から、ローン借り換えに関してアドヴァイスされる。メインバンクに、有利な金利をオファーしてきた銀行のことを言い、利下げ交渉をしろ、という。

こういうのは、私がもっとも苦手とすることだ。しかし、世間ではこういうことをするのがあたりまえなのだろう。厳しい実社会にいなくて、つくづくよかったと思う。

そして、アドヴァイスどおり銀行で、こういう利率なんですが、と言ってみたが、いまのローンは「いじれないいんです」と答えた。気持ちの悪い表現である。いじれないのだから、他の銀行で、借り換えるしかないだろう。

借り換えをして

借り換えをして、住宅ローンを一年縮めるために、大騒ぎをする。元のローンとの差は一五〇万円ぐらいである。精神の平和を乱す価値があったのかどうか。ただ、金銭的に得をすればいいというものでもない。

ローン、というが、結局は借金である。ここに人間のすべての弱み（持病、病歴、他の借金など）が露呈されてしまう。健康と法律、すなわち、医師と司法書士が関わってくる。彼らにお墨付きをもらって、これをクリアしないと、借り換えはできない。医学部とロースクールの格が高いのも当然である。人間の根本を左右するところなのだから。

こういう社会の仕組みを小学生のときにでも知っていれば、この方面に進学したか、というと、たぶんしなかっただろう。他人の根源的な問題などに触れるのは遠慮したい。

そういう騒動の最中

そういう騒動の最中、銀行から、「登記識別情報通知」を持参しろ、と言われる。家のどこを探しても、そんな書類は見つからない。法務局へ取りに行くものなのかもしれない。法律関係者には、たぶん一＋一＝二ぐらい基礎的なことだろう。

こんなことも知らないで、よく社会生活を送ってきたものである。いわば、（たぶん）権利書に相当する書類の保管場所を知らないのだから。逆に言うと、悪辣な法律関係者がいたら、なにをされてもわからないなと思う。

「ねんきん定期便」が

「ねんきん定期便」が「日本年金機構」から来る。定年まで保険料を収めたときの予想受給額が計算できるようになっている。複雑な計算をしてみると、とても少ない。これに「大学年金」が加わるけれども、家賃を払っていたら、とても文化的な生活（オペラ、バレエ、観劇、海外旅行など）はできないだろう。やはり持ち家は確保しておいたほうがよいと思った。

退職金は、君たちの世代には出ないかもしれないね、などと、定年で辞めていく教授がうれしそうに笑うのだが、まあ、たしかに減ることはあるかもしれない。それを投資して、利息、配当を合わせても、いまの生活水準を維持するのはむずかしいだろう（いまと同じ物欲、消費欲が定年以降にもある、と仮定した場合）。

「ねんきん定期便」によると、これまでに、一〇〇〇万円ほどの保険料を支払ったことになっているのだが、それを投資信託に回していた場合、どうなっていたか、どうなるか、などと考えてしまう。

適職と天職の両方が

適職と天職の両方が必要だと言われる。

適職は収入を得る職、天職はそれだけでは食えない（かもしれない）が、心から喜びを感じること、である。というものの、いやな仕事（＝適職）から一時間でも早く解放されたいというのでは、人生がもったいない気がする。

天職は、土曜、日曜に野球を教えるとか、同人誌に入って小説を書くとかなのだが、土日だけを楽しみに生きるというのも、なにかおかしい気がする。

いくら、食うためだけという「適職」でも、多少は生きがいを感じるものでないと、人生がつらすぎるのではないだろうか。

プライヴェートでも

プライヴェートでも、本業でも、私は、先達に恵まれず、すべて自己流、正面からの正攻法だったので、無駄、回り道、エネルギーのロスが多かった。中学のときなど、ヤマをかけることを知らず、馬鹿正直に、教科書の試験範囲を一字一句すべて暗記していた。当然、成績はよかったが、横に家庭教師でもいれば、馬鹿！　そんな無駄なやり方があるか、などと言ってもらえて、娯楽、趣味、読書など、有意義なことに時間を割けたのに、と残念でならない。

もちろん、先達は自分で引きつけるものだから、非はこちらにある。だから、私の轍を踏まないように、学生には、ここに落とし穴がありますよ、ここは左に行ったほうが能率がいいですよ、などと指摘し、貴重な青春のエネルギーの損失を回避させる。

しかし、こういうアドヴァイスを受けず、穴に落ちて泥だらけになれば、自分の力で用心深くなることができるだろう。教育的配慮、という点で、むずかしいところである。しかし、やはり、そんな無駄なことをせず、スポーツ選手、アーティストなど、会社員でも同じだが、同業の親や兄弟がいれば、効率のよい勉強法を教わることができて、よいのではないかと思う。

「コールドストーンクリーマリー」

「コールドストーンクリーマリー」。七九〇円は高いが、月一回の贅沢だ。アルバイトの女性は、アーモンドとココナッツのトッピングを、まったく混ぜずに、カップの上にふりかけた。なんのために、アイスクリームを混ぜる、マイナス九度の石板「コールドストーン」があると思っているのだろうか。食べるときにポロポロこぼれて、苦労する。

食べていると、隣に女児が座り、私を不思議そうに凝視する。私が自分のパパとは似ても似つかない存在だから見つめるのだろうが、心境をぜひ訊いてみたい。それはともかくこういうとき、どういうリアクションをしたらよいものか、いつも困る。

以前、舌を出したり、鼻に親指をあてて四本指を子どものほうへ向けたのだが、その母親に見られてしまったことがあり、怖くて、最近はなかなかできない。わからない人が多いだろうから、解説すると、この鼻と指のジェスチャーは、「仮面の忍者赤影」という特撮ドラマで「青影」がやっており、私たち子どもがよく真似していたものである。

渋谷で食べさせられた

渋谷で食べさせられた、ひどい蕎麦の仇を、浦和の「永坂更科」でとる。妙なものだ。

鴨の肉は、蕎麦を食べ終わっても残っているぐらいたくさん入っており、合格。しかし、逆に言うと、蕎麦が少ない、とも言える。これは、値段が高めの蕎麦屋に共通している。なぜ少ないのだろうか。

だいたい、蕎麦屋の質は、蕎麦湯の蓋を開けるとわかる。ドロっと白く濁っていればよい店で、底が見えるような、ほとんど透明な蕎麦湯を出す店は問題外である。

しかし、あたり前だが、蕎麦湯というのは、蕎麦を食べた後（ないし食べている最中）に出てくる。蕎麦湯にたどり着く前、蕎麦を食べた時点で、店の優劣はついている。したがって、蕎麦湯には、その判断を追認する機能があると言えるだろう。つまり、蕎麦が不味いのに、蕎麦湯がドロっとしていることはなく、蕎麦が美味いのに、蕎麦湯が透明なことはないわけである。

中国武術の国家武英級で

中国武術の国家武英級で、私の敬愛する羅競老師は、「背筋をのばーす！」と、レッスン中に何十回もくり返す。で、われわれがあわてて伸ばすと、すかさず、「肩はあげなーい！」と言われてしまう。背筋を伸ばし、肩を上げないというのは、やってみるとわかるが、かなりむずかしいものだ。

このように矛盾する（老師的には矛盾しないのだろうが）指示がけっこう多くて、われわれは（というか、私だけかもしれないが）苦労する。しかし、考えてみれば、コストを上げずに、製品のクオリティは上げる、とか、社会人なら、こういう相反する作業に取り組まなくてはならないだろう。万事、相容れない要素はあるものだ。というように中国武術は実に奥深い。

太極拳のクラスは

太極拳のクラスは、前半の三十パーセントぐらいがストレッチなのだが、先生の羅競老師としてはもっと増やしたいらしい（と受講者から聞いた）。誰もその理由を訊かない、というか、訊ける雰囲気ではない。老師は「全中」武術チャンピオンで、圧倒的な存在感、風格がある。あの十数億人の中国で、いったい、何千人を制してきたのか、と思う。動いているが止まっている、止まっているが動いている、など中国武術の奥義（？）もときどき教えてくださるので（私の太極拳自体は練習不足で、なかなか上達しないが）、おもしろくてやめられない。

今日、いつものように、足を壁につけてギュウギュウ開脚をしていると、老師が近づいてきて、先生（私のことである）！　別のこと考えてる！　とおっしゃった。えっ？　どうしてわかるんですか？　と訊くと、背中に書いてある、と答えた。たしかに上の空でやっていた。さすがに、武術チャンピオンはすごい。

人気講演者の

人気講演者の池上彰氏にしても、ＮＨＫ時代、「週間こどもニュースをやってくれ」と言われたときは、ふざけるな、と思ったかもしれない（思っていなかったら、すみません）。それを断らなかったり、手を抜かなかったのが、（たぶん）いまのブレイクにつながっている。じつは、あの番組は、大人のほうが熱心に見ていた可能性も高い。複雑な事象を、子どもにもわかるように説明するというのは、大変むずかしい。難解な用語も使えず、あらゆることがらの根本をやさしく言い換えなくてはならない。ほんとうに自分が完全に理解していないと、そういう説明はできないだろう。

版画家の池田満寿夫が、雑誌の挿絵というような小さい仕事も、ぜったい手を抜いてはいけない、誰が見ているかわからないのだから、と書いていたのを思い出す。ずいぶん、私はいろいろと手を抜いてきた気がする。テレビ番組で手を抜くことなどできないだろうが、出演者の情熱、やる気、というのは、視聴者に如実に伝わると思う。

M寺へお願いします

M寺へお願いします、とタクシーの運転手に言う（寺に行くわけではなく、自宅の目印として、こう告げる）。しばらく経つと、「住職さんですよね？」と言われる。髪は少ないが、違うだろう、どう見たって。

——いえいえ！

あ、失礼しました、副住職さん？

——いえ、ちがいます。

副住職さんと飲んだことあるんですよ！

——いえいえ、私、寺のものではないです。

えっ、よく似てるなぁ。そうなんですか？

——副住職って、酒飲むんですね？

ええ、○○の店でよく。こないだもいっしょに飲んだんですよ。

――へぇー、どんな方なんですか?
気さくな方ですよ。
――へぇー、そうなんですか。
でも、よく似てるなぁー。
――いえ違いますって。本当に。あ、そこの十字路で降ろしてください。
いやぁ、似てる。あ、通りすぎちゃった!
――あー、じゃあ、ここでいいですよ……。
そう、副住職だ。うちの墓地を買わない? とでも言ってみれば面白かっただろうか。

飲食

週一回は渋谷の

週一回は渋谷の「カフェ・ドゥ・マゴ」に行っている。もう、十数年になるだろうか。コレステロール値が高い、と医師が言うので、今日は、ギャルソンが、私の顔を見ると、いつものですね、と言って出してくるチーズとハムのオムレツ以外のものを、メニューで探す。しかし、クリームソースとか、ハンバーグとか、似たような高コレステロール食ばかりである。しかたなく、いつもどおり、オムレツにする。フランス人は、こんなものばかりで平気なのだろうか、と思う。しかし、フランスの地中海地方の料理は理想的な食事とされている。そこに、オムレツはないのだろうか。

コレステロールが

コレステロールが高めだと、何年も言われている。しかたなく低脂肪乳を買う。それまでは、何パーセントか知らないが、一番脂肪分の高いものを、朝、コーヒーに入れていた。

低脂肪乳の脂肪分は、たった一・六パーセントである。たぶんふつうの半分ぐらいだろう。アメリカにいたとき、スーパーに行くと、ほとんど透きとおった、脂肪分がほとんどない牛乳しか売っていなくて困った覚えがある。まさか、あのレヴェルの牛乳をほんとうに飲む羽目になるとは。

そして、今日、スーパーに行くと、なんと、無脂肪乳というのがあった。小岩井農場と書いてある。透明かもしれないが、小岩井ならまだましだろうと買ってみた。

チョコレートと緑茶は

チョコレートと緑茶はよく合うが、いま、甘納豆と珈琲もよく合うことが判明した。緑茶と同じ葉なのに、紅茶とチョコレート、甘納豆は合わない。おもしろいものだ。一方、インド料理に緑茶はありえない（紅茶、特にマサラチャイはよく合う）。かと思うと、ショートケーキに抹茶は合うが、緑茶はむりである――。

早食いは急いで

早食いは急いで食べること。しかし、踊り食いは、踊りながら食べるわけではない。食べられる魚は踊っておらず、苦しんでいる。買い食いは、買って食べることだが、買わずに食べたら万引きになってしまう。買って、その場で食べることだろう、と思ったら、『大辞林』には、主に子どもが自分で買って食べることだと書いてある。犬食いは犬を食べることではなく、犬のように食べること。バカ食いはバカのように食べることでいいのか。大食いは大量に食べること。しかし、小食いはないと思ったら、辞書には載っていて驚く。死語だろう、聞いたことがない。「X食い」の分析は面白い。Xを食べることではないことが多い。

寝る前にあまおうを

寝る前にあまおうを四、五個食べて寝ると、明け方に鋭い尿意で目を覚ます。おかしいな、と思って検索すると、苺には利尿作用があると書いてある。知らなかった。というか、知っている人のほうがまれだろう。寝る前の苺は、やめた方がよいことを学んだ。

りんごをかじる

りんごをかじる。考える。

こんな甘い果実。なぜ存在する必要があるのか。品種改良、人工的な操作でこんなに甘くなったのかもしれないが、もともとが多少なりとも甘い実だろう。

熱帯では、誰も穫らない甘い果実が地面に落ち、そのまま腐っていく。それは虫に食べさせるためなのか。りんごもそうなのか。鳥や虫のため。でも、それはなんのためなのか。

逆に、苦い果実の存在のほうが不思議かもしれないが、それは人間を中心に考えるからである。人間が好むような甘いものがそもそも存在するというのも、同程度に不思議なことだ。

同僚たちに、レストランで

同僚たちに、レストランで赤葡萄酒を五、六種類、飲まされる。みんな、ワインに詳しく、カベルネだか、カペルネだか知らないが、そのボディ（とは何なのか？）が強いだの、弱いだの、ほお、ラッツィオですか、などと全員が語りあっている。何ひとつ知らない私は、ひどい疎外感を味わう。

ワイナリーに行ったりしている人もいるらしい。私は、まったく興味がなく、愛想笑いをつづけて、困り果てる。みんな、同じ味にしか感じないのだ。

なによりも、私が葡萄酒に無関心をつづけるのは、美輪明宏先生が、ワインなんて十勝ワインでけっこうですね、ワインの薀蓄をたれるやつはきらい、と書いているからでもある。ワイン蔵も持っていないのに、と先生は怒っている。蘊蓄を垂れるなら、森に囲まれた城に住み、洞窟にセラーを持ってからにしろ、ということらしい。

実際のところ、口外できないが、日本人が、日本酒ならともかく、本米縁のない、葡萄酒の生産地や品種について語っているのを見るのは、申し訳ないが、ちょっと気持ち悪い。ドイツ、フランス、イタリア、スペイン人ならば、自然なことであるが。

甘いものへの衝動が

甘いものへの衝動が湧き起こる。夜、八時半。「コージーコーナー」は開いているか、と自問しつつ、銀座店に着く。店内は無人で、無機質な曲が流れる。しかし、苺のパフェは、もうシーズンを過ぎて、終わっていた。チョコバナナパフェで代用する。

しかし、チョコバナナパフェの上には、苺が一つのっている。それを集めて、イチゴパフェを作ってくれませんか? もう、閉店近いし? と言いかけて、やめた。私も大人になったものだ。

インド料理店を

インド料理店を出たあと、急に、病的とも言えるほど眠くなることがよくあって、絶対に何か盛られた、と思っていた。スパイスは漢方薬でもあるから、そういう成分が入っていた可能性もなくはない。

ところが、最近は、大学近くのインド料理店を出ると、甘いものが摂取したい気持ちが体の深部から湧き上がってくる。これも、なんとなく病的に、急性という感じだが、血糖値が下がるということではないだろう。

しかたなく、先週は、前述したようにわざわざコージーコーナーに行って、バナナパフェを食べ、今日は、豆大福を二つも食べてしまった。カレーに何か、甘味を渇望させる漢方成分も入っているにちがいない。

ショートケーキは

ショートケーキは、だいたいどの店でも大々的に販売している。そこで、「コージーコーナー」

の銀座店に行って、ストロベリーシャンティリーを注文すると、苺は冬が旬なので、ないと言う。じゃあ、なぜ、ショートケーキはあるんですか、と訊こうとしてやめた、というか、その機転が、その場で利かなかった（いつも、後で、ああ言えばよかった、と後悔するのはいいかげんに直したい）。ショートケーキに使う苺を、グラスに積み上げて、クリームをかければ、ストロベリーシャンティリーのできあがり、のはずなのに、納得がいかない。

値段は高いが、銀座「千疋屋」に行ってみることにする。たしかに旬ではないのだが、季節外れのストロベリーパフェを食べないことには、夏が越えられない、と思う。

ファミレスに行くのは

ファミレスに行くのは、私にとって、年に一、二回の珍しいことである。蕎麦屋は二日前、ネパール料理店は、三日前に行ったばかり。今日の夕食は、もう行くところがない。連日行っても恥ずかしくないという人がいるが、その胆力はうらやましい。しかたなく、駅まで出て、ファミレスに入る。

そもそも、ドリンクバーというのが、なんとなく恥ずかしくて使えない。一人だと、荷物も放置できない（みんな、放置したまま平気で席を立っているが）。

隣席は、夫婦でない老人カップル。ものすごく楽しそうなオーラを発散している。楽しく異性と話すだけで、老人は、実質的に性的充足感を得ることがあるらしい、と医師が書いていたのを思い出す。二十分後、隣の老人カップルはまだ食べている、というより話している。私はすぐに食べ終わる。一人だと早く食べ終わってしまい、体にも悪い。

ふと、なぜ、あまりファミレスに行かないのかを思い出した。レジで、いつも、会計が予想より三割ぐらい割高な感じがするからである。豆腐ハンバーグと、なんとかサラダだったが、これで一二二七円は高いだろう。感覚としては、七二七円ぐらいである。これは、料金に、夜中、明け方の光熱費、人件費、何時間も居座る客からの損害が、上乗せされているからに違いない（アルバイトの学生に聞いたが、一回の注文だけで十二時間もねばった客がいるという）。

今日行った、とうふ料理を

今日行った、とうふ料理を専門とする料亭の男性接客係はひどく不器用で、部屋を出るたび、さげた食器をカチャカチャぶつける音を立てていた。極めつけは、（母用の）バースデーケーキのろうそくに火をつけるとき、ライターの炎が自分の指のほうに行ってしまい、アチッ！　と叫んだことである。（この人、研修受けているのかな？）と笑いをこらえなくてはならなかった。

かなりまぬけな人だと思っていたら、帰り際、営業のKです、またサプライズをご用意いたしますので、よろしくどうぞ、と名刺を置いて、退出した。なぜ営業なのに、慣れない接客をさせられたのかは聞きそびれた。

イタリア語は十六年ぐらい

イタリア語は十六年ぐらいやっているが、イタリアに行ったことがない。行く予定もいまのところない。したがって、よくわからないのだが、きちんとしたイタリアのリストランテに、ピッツァは置いていないのだろうか。元来は立ち食いだったのかもしれないが、それなら、寿司だってそうである。ピッツァには、ピッツェリアという専門の店がある。日本でも、気取ったリストランテのメニューに、ピッツァはない。

炭水化物系では、パスタよりピッツァが好きなのだが、いまでは、すっかり舌が肥えてしまい、原則として、薪の窯で焼いたものしか、あまり食べたくない。一方、パスタはアルデンテになっていれば、ほとんどこだわりはない。

最近は、店の入り口の窯で、薪がちょろちょろ燃えていても、それは単なるデモンストレーションで、実際のピッツァは、シューシューとガスで焼いている店がある。そこで、あやしいと思ったら、薪使ってますか？　と尋ねることにしている。いやな客だろうが、美食のためだ。

私はたこ焼きは嫌いだが

私はたこ焼きは嫌いだが、鯛焼きは好きである。たこ焼きにはタコが入っているが、鯛焼きに鯛は入っていない。

おもしろいのは、十個入りの箱の中で、一つにタコが入っていなくても、その（タコの入っていない）たこ焼きの呼び名は、やはり、「たこ焼き」であることだ。鯛焼きに「鯛」は入っていないほうがいいが、万一、手違いで、「あん」が入っていなかった場合、たこ焼きにタコが入っていなかった時より、ショックは大きく、まずくて食べられないであろう。

教授会、各種委員会では

教授会、各種委員会では、ウーロン茶などのペットボトルと紙コップがテーブルに置いてあり、教員が自分でついで飲むことになっている。むかしは、事務方の女性が緑茶を、何十人という教員全員にいれていた。さぞ大変だっただろう。

シラバスも、成績も、ウェッブ入力になり、われわれの負担が増える一方、事務方はどんどん楽になっていく（ように見える――違ったらすみません）。したがって、大学職員はお勧めの職だが、倍率が高く、超難関だと聞いている。

話は逸れたが、ここで言いたいのは、そういうことではなかった。教授会で、液体を飲むのは自由だろうが、何かをパクパク食べると、たぶん、怒られないにしても、ドン引きされるか、非難するような顔をされるだろう、という事実である。

カロリーメイトなら、むしろ、ほほえましく見られるかもしれないが、コンビニ弁当を食べたら、確実に信用を失う。宮内庁御用達の豪華な弁当でも同じである。たぶん、弁当のあの四角形が目を引くのだろう。

飲むと食べるとでは、どうしてこんなに違うのだろうか。カロリーメイトと弁当の間は、グラデーションなのか。箸やスプーンを使うと、アウトなのかもしれない。しかし、コンビニのおにぎりは微妙だ。バナナは、さっと食べれば、ぎりぎりセーフという感じ。

ヨーグルト類も大胆だな、と思われるだろうが、弁当よりはましだろう。カップに入ったアイスクリームは、ヨーグルトよりは眉をひそめられる（と思う）。後者は栄養を摂っている感じだが、前者は甘い嗜好品を食べていると見なされるからだろう。すると、同じように栄養を摂っているはずの弁当が、嫌悪感を与えてしまう理由を説明するのがむずかしくなってくる――。

柿ピー六袋入りをふたつ

柿ピー六袋入りをふたつ、つまり一二袋を買って新幹線に乗り込む。数か月前から、どういうわけか柿ピー中毒だ。

振り返ってみると、私がそうなったのは、テレビで、豪邸訪問のような番組を観てからである。そこで、デヴィ夫人が、撮影スタッフに、「あなたたち、シャンパーニュいただく？　それと、あたくしの大好きな柿の種」と言ったのだ。

炊かれた米を

炊かれた米を目の前にして、幸福だ、と感じたことはあまりないが、香ばしいパンをみると心が明るくなる。米という食べ物は歴史的に背負っているものが重苦しいのだと思う。

疲れたときは、食欲もないので、ベーカリーで、美味しそうなパンやパイを買い、スープとともに夕食にする。私にとっては、パンがメインディッシュだ。ただし、焼き上がりを待って並ぶような情熱、というか、酔狂さは持ち合わせていない。

そういえば、レストランで、パンのおかわりいかがですか？　と言われ、三回ぐらい持って来てもらうことがある（こちらから依頼することはないが）。籠にパンがなくなると、向こうが勧めてくるのだから、いいだろう。しかし、本来、パンは口直し、箸休め的な働きなので、お代わりはよくないとマナーの講師が言っているのを聞いた——。

ファッション

「銀座ワシントン靴店」へ

「銀座ワシントン靴店」へ修理に行くと、大事に履いてくださってありがとうございます、と言う。見ただけで、どう履いているかわかるらしい。流石だ。

もっと滑らない靴底はないですか、と言うと、滑るのには、日本人の歩き方にも問題があるらしく、つま先ではなく、かかとのほうから地面に下ろすべきだといわれる。結局、革靴とは、欧州の石畳の上で機能する履物なのだろう。

いま、ビルの上は

いま、ビルの上は、すっかり別の会社に店舗を奪われて、というか、貸して、地下一、二階だけになってしまった「銀座ワシントン靴店」。

かかとを交換してくださいと言うと、十日かかるという。むかし、注文した靴だが、店舗では修理できず、製造元へ送るらしい。履き慣れるのに時間がかかるが、既製品のほうが長い目で見るとよさそうだと悟る。しかも、つねにそうとは限らないだろうが、今回、履き心地は既製品のほうが、むしろよかった。

修理している間、ローテーションが厳しくなるので、ダークスーツにも合う、ダークブラウン系の靴を探す。国産にはいいデザインがない。私が気に入っているのは、ふつうの紐靴か、一番いいのは、金具がついているもので、名前がわからなかったが、今日、シューフィッターに訊いてみると、「monk strap 修道士の帯」と言うらしい。過去世に修道士の時代があって、履いていた記憶があるのかもしれない、と思う。

スペイン製の靴に好いものがあった。英国製の茶は明るすぎて、目立つ。ブロンドの髪、石畳には、あの色が似合うのだろう。しかし、疑義が頭をよぎる。スペイン製の靴は、スペイン人の足の形に合うんじゃないですか、と訊くと、アジア人用の木型で作っています、ということで、それは反則のような気もしたが、まあ、いちおう、安心する。すると、スペインでこの靴を買っても、われわれの足には合わないことになる。むずかしいものだ。

また、修理のとき、外国製は、木型が日本にないので、靴底をまるごと取り替えることはできないという。すり減った部分に、ゴムを貼りつけるそうだ。結局、長期的に見ると、修理という点では、注文品ではなく、既製品、しかも、国産がよさそうであることを学んだ。

二十年前に買った

二十年前に買った、ニュージーランド海軍のコート（古着）のボタンが取れる。リフォームもやっている、宅配クリーニング店にボタンの見本を見せてくれというと、なんと、一〇〇種類以上もある。

しかし、一発とは言わないが、三発ぐらい、四、五分で決まる。私は好みがうるさいが、だからこそ、いやなものがすぐ判明して、即決できるという利点もある。

スーツやコートの生地やボタンを選ぶのは、じつに楽しい。きっと、前世で、機を織るインディアンの女だった（と言われた）ときの記憶（はないが、そんな無意識のせい）かもしれない。

十五年ぐらい使った

十五年ぐらい使った鞄を買い換えようと思うが、洒落たブランドのショップに行く気がしないので、いつも、百貨店になってしまう。品揃えが多いのは通販だが、鞄や靴をコンピューター上で買うと、後悔する。イメージと違うことが多いからだ。大きさも、届いてみると、大きすぎたり、小さすぎたり、ということがある。「イメージ違い」という返品理由の選択肢が実際にある。

東急本店に行って、買う鞄を決めたところ、店員がこれと同じものをお持ちしますと言って、奥のほうから持ってきた布袋から鞄を出す。明らかに色合いが違う。展示品は蛍光灯で焼けるのだと言う。しかし、その変色したほうがイメージとしてはいい色である。展示品のほうを買おうかと、一瞬、思ったが、新品を使っているうちに、焼けていい色になるのだろうと考え直した。

買ったばかりの

買ったばかりの靴の甲が痛い、と言って、修理コーナーへ持って行くと、前述した「銀座ワシントン靴店」の青年は、革を油で揉みほぐしてみましょう、と言う。ここは、たいていの要求に応えてくれる。やはり老舗はいいものだ。

しかし、その後、まだ甲が痛むので、もう一度行くと、さらに広域を揉みほぐし、これで大丈夫だと思いますが、どうしても痛ければ、パットを貼ってくださいと言われる。肉が薄い人は、骨が当たって、どうしても痛むことがある、という。この人は解剖学的なことまで知っているのだと驚かされた。

ロンドンの老舗に

ロンドンの老舗に、十年前、そこで作ったシャツを送り、そのサイズで（ウエストはやや広げて）新たなシャツを作ってもらうことにする。

日本郵便の番号でトラックすると、ロンドンの郵便局で「保管」になっており、店舗に届いていない。聞いてみると、関税が一〇二ポンドもかかっており、店が受け取りを拒否していることがわかった。

送るときに、「商品」、「贈り物」にせず、「その他」にチェックを入れたのだが、日本郵便の話では、ロンドンで関税が取られるかどうかは、どうにも予想がつかないという。「価値」として二〇〇〇〇円と記入したのを、二〇〇〇〇ポンドと考えて、課税したにちがいない。

もう一度、古着のシャツ、価値ゼロ円、などと書いて、別のシャツを送ろうかとも考えたが、ゼロ円だと、怪しまれて、かえって税関で開封されると言う。といって、たった一ポンドでも関税がかかれば、この老舗はわたしの送ったシャツを受け取らない。

一晩考えて、腹を括った私は、老舗に、一〇二ポンド払って受け取ってください。それをシャツの代金とともに請求してけっこうです、とメールした。

どうにかして、どこからか、関税分の一二〇〇〇円を取り返したい。しかし、「Turnbull and Asser」のシャツは、こんなドタバタを経ても、着る価値があると思う。信じられないかもしれないが、ボタンは、二十年着ていても、一つも取れたことがない。いや、ボタンなんか取れても、かまわない。とにかく、あの色の組み合わせのファンタジーが楽しい。ああいう生地は、日本では、どこを探しても見つからない。

先週、某大学の

先週、某大学の非常勤講師室に入ると、女性アメリカ人講師が、私のマフラーを見て、「Purple!」と大声で叫んだ。「That brightens up my day.（心が明るくなるわ。）」とつけ加えた。大げさである。

それにつられて、女性講師たち数人が、「いつも、お洒落でいらっしゃるから」などと、とってつけたようなお世辞を言う。それなら、なぜ、毎週、そう言わないんですか？　と言いたくなるのをこらえる。

明日はライトグリーンのマフラーをしていくつもりだが、絶対に、「Light green!」と彼女が叫ぶことがないことには自信がある。紫の力。

セレブな中年以上の

セレブな中年以上の女性は、例外なく髪をアップにして、額を思いきり出している。なぜなのだろうか。デヴィ夫人、石井好子、宮家の妃殿下たち、いま、カフェで、私の隣席にいる裕福そうな女性もそう。ここは東急本店だから、きっと、松濤マダムだろう。風格がある。

もしかしたら、ああいう髪型にしておくのは、ものすごく金がかかることなのかもしれない。三日ごとに美容院に行かねばならないとか。

そろそろ、扇子を

そろそろ、扇子を出す時期である。白檀製のものがあるのだが、好い香りはするものの、扇をつなぐ糸が切れやすい。切れてから、買った京都の店に訊くと、「パタパタ扇ぐものではなく、香りを楽しむものです」と言われた。貴婦人がゆらゆら手に持つような装身具なのだろうか。修理してからは、夏の間、居間で、一日一回、ふわふわ、五、六回扇ぐだけにしている。

また、スペインの Loewe の扇子があって、興味本位で買ってみたが、これも実用的ではなく、観賞用に近い。結局、ふつうに売っている、二〇〇〇円ぐらいのものが、ふだん使いには一番いいようだ。

百貨店の人に、「どれぐらいもつものなんですか」と訊くと、「そうですね、毎年買われる方もいます」と答えた。ワンシーズンの消耗品と考えたほうがよさそうである。もちろん、白檀製は大切に、一生、ふわふわと香りを楽しむつもりである。

伊東屋へ、モンブランの

伊東屋へ、モンブランの「ヨーゼフ二世」を、二回目の調整に持って行く（ヨーゼフ二世はフランツ一世・シュテファンの令息である）。すると、三十代の若者が出てくる。前回は六十代の、すごく教養のありそうな男性だった。

聞いてみると、前の人は「パイロット社」のデザイナーで、「カスタム」というシリーズを作った偉い人だそうだ。定年後、伊東屋に、「万年筆ドクター」として社員の指導に来たが、定年で辞めたという。ＮＨＫの凄腕職人を紹介する番組に出てもいいような人だろう。万年筆はじつに奥が深い。

しかし、この伊東屋の青年も、私の書き方を見て、お客様は、書き始めのときに、一瞬、筆圧が上がりますね、などと、観察眼の鋭いところを見せた。職人というのは、ほんとうにすごい。

しかも、アラビア語のように、右から左へ書くための万年筆はありませんか、と言うと、アラビア語は、三つの単語でみんなできているんですよね、などと言った。すべての語というわけではないし、三つの「文字」が正解だが、これだけ知っていれば、十分合格だろう。

会社員にも

会社員にもいろいろとあるようだが、私は職場（＝教室）において、いちばんまともな服装をしている、と思う。たぶん、ほかの教員もそうだろう。

学生と会わない場所、時期には、とても正視できないようなラフな格好をしている教員も多い。私ももちろんそうである。

むかしは一年中、タイにスーツだったが、だんだん崩れていって、いまは、偉い人が居る場所だろうとタイはしない。だから、冠婚葬祭があると、結び方があやしい。何種類もの結び目が作れた二十年前とは大違いである。

アフガニスタンの大統領が

アフガニスタンの大統領がかぶっているようなデザインの帽子を、冬用にずっと探しているが、ない。現地で求めるしかないのかもしれない。日本で「アフガン帽」と銘打っているものは、どれもイメージと違う。

私の帽子は純粋に実用的で、お洒落の要素はゼロだ。夏は、紫外線を除け、これ以上禿げないため、冬は防寒、風邪の予防である。だから、銀座「トラヤ帽子店」では、なかに入ると、開口一番、一番目立たなくて、小さいのを見せてください、と言っている。

もし、日本に、紫外線が少なく、寒くもなければ、たぶん、めんどうで帽子などかぶらないだろう。男の場合、室内では脱帽が原則だから、脱いだ帽子をどう持ち運び、置くかに頭を悩ませる。また、保存するときは大きな箱に入れなくてはならず、場所をとるのも、悩ましい問題である（広い家に住めば即座に解決するが）。

芸能・芸術

岡本太郎が

岡本太郎が、二、三歳の子どもの絵は素晴らしいが、四、五、六歳と成長するうち、だんだんつまらなくなる、と言っていた。うまく描こうとか、実物に近づけよう、よく見せたい、というエゴ、自我が邪魔するようになるからだ。

アメリカの作家、ソニア・ショケットの本を読んでいると、アートはときどきやればいいというものではなく、たましいの活動そのものなのだから、つねにやる必要がある、と太郎と同じことを言っている。もちろん、太郎はスピリチュアルなことはたぶん何も知らない。

しかし、真理は一つである。絵を見るだけでなく、描く。曲を聴くだけでなく、演奏する、作曲する。本を読むだけでなく、書く。何かアートに関わっていないと、たましいは活力を失ってしまう。

太郎が、芸術は綺麗でも上手くてもだめだ、と言っていた意味が、最近ようやくわかる。要するに、エゴの入った芸術がだめだということだろう。

無心の芸術。生命の躍動に上手い・下手というエゴの基準があっていいはずがない。下手でも描き、書き、歌い、詠み、造るべきだ。ジュリア・キャメロンも、ほぼ同じようなことを書いている。

紅白歌合戦を

紅白歌合戦を観ていて、川中美幸が「しあわせ演歌」の「女王」だか、「大御所」だとか紹介されていた（「王女」でなかったことには自信がある）。

演歌は、通常、なにも註を付けなければ、ふしあわせな内容なのだろう。日本人は自虐的なところがあるから、不幸な演歌でないとヒットしないのかもしれない。しかし、演歌に限らず、ふだん聴いている曲なら、断じて幸せな歌がいい。「しあわせ演歌」というジャンルがあるというのは、うれしい発見だった。

しかし、考えてみれば、王朝和歌のような非庶民的な歌も、苦しんでいるものが多い。花がまだ咲かない、咲いたら咲いたで、もう散ってしまう、恋する人が夢に現れてほしい、恋しい、という感じ。幸せな歌はとても少ない。

NHK「ラジオ深夜便」

NHK「ラジオ深夜便」の新春インタヴューはジャズクラリネット奏者、北村英治だった。むかしから、みごとな白髪で、なんとなく品があるなと思っていたら、慶應の出身らしい。池田弥三郎という国文の名教授に人生相談をして、世間の初任給の五倍でアルバイトをしています、と言ったら、その職でいけ、と言われたらしい。教師にも恵まれている。

また、高校時代、クラリネットが買えず、一年半、竹ぼうきを切って、押さえる指の位置を書き、運指の練習をしたという。カフェに行く交際費や電車代を切り詰め、ようやく中古を買ったらしい。

この人がすごいと思うのは、いつも上機嫌で、努力のあとが、全然、見えないことだ。その点は、同じ慶應出身の藤山一郎に似ている)。もっと驚いたのは、五十歳を過ぎて、十歳以上年下のクラシック奏者に、正式な奏法の教えを乞うた、ということである。

最初のレッスンで、雑音以外何も聴こえません、などと言われ、「ちょうちょ」を半年間、吹かされたという。八年後に、ようやくモーツァルトを吹くのを許可された、というから、ほんとうに謙虚である。思わず、CDを注文してしまう（ところが、あまり出ていないか、絶版かで、超高値がついている)。

これからは、私も、何か教えてもらうとき、先生は自分より若くなるだろう。現に、いまのスペイン語教師は、二十八歳のスペイン人である。太極拳の先生は、かろうじて同じ年らしい。

「WunderRadio」という

「WunderRadio」というアプリケーションは、私の人生を変えた、と言ってもよい。数百円だったと思うが、これをiPodに入れてから、CDプレイヤーを、まったくリヴィングルームで使っていない。二十四時間、世界中のラジオ番組が聴けるのである。Boseのスピーカーにでも差し込んでおけば、音質も問題がない（はげしくこだわる人はだめかもしれないが）。

一番よく聴くのは、ヴェネーツィアのクラシック音楽局、あとは、スイスの局あたりだろうか。英国やアメリカの局は、クラシック音楽局でも、CMやおしゃべりがうるさすぎて、静かに聴いていられない。クリスマスには、クリスマス専門局を流す（一年中、クリスマスソングを流しているらしい）。

また、放送中は画面上に、かかっている曲の情報（曲名、作曲者、演奏者）が表示される局が多い。気に入った曲は、すぐiTunesで買うことができる。これによって、いままで聴いたことがなかったり、聴こうともしなかった、ショスタコーヴィチ、ラフマニノフ、フンメル、メルカダンテ、ジョン・フィールドなどの曲を知ることができた。

どちらかというと、これまでは、十七、十八世紀が好みで、あとはショパンぐらいのものだったので、聴く範囲がずいぶんと広がったのもありがたい。日本ではあまり流れることもないと思われる、Wolf-Ferrariなどという作曲家も聴くことができて、毎日がとても楽しくなっている。

「仰げば尊し」は

「仰げば尊し」はアメリカの曲だそうだ。終業の曲らしい。原曲では「我が師の恩」という歌詞ではなく、友人のことを歌っている。

いい曲なら、原産地はどうでもいいのだが、日本でつけた歌詞はいい、と思う。いまでも、聴くと、ちょっと感動する。

とくに、「身を立て、名を上げ」というくだりは、立身出世の明治時代らしくてよい。日本人も、いまは、当時ほど激しい出世欲はないかもしれないが、たぶん、錦を飾る的なことを、ちょっとは思っているだろう。この部分を聴くと、不惑をとっくに過ぎたいまでも、がんばってみようか、と思う（こともある）。

「小さな木の実」という

「小さな木の実」という、NHK「みんなのうた」は、ドラマ性があって、泣ける歌である。

小学生のときは、もの哀しそうだな、としか感じなかったが、成人して、歌詞がよく理解できるようになると、ますます哀しい。

しかも、この歌は、すべてを歌ってしまっていないので、歌詞に余情、余韻があり、文学性が高い。父が死んだとき、すでに私は三十二歳だったが、それでも、この歌はしばらく聴く気になれなかった。

いま調べると、原曲は、スコット原作、ビゼー作曲の、英国ものオペラ『美しいパースの娘』のセレナーデ、つまり、恋の歌だった。じつに感動的な歌詞は、オペラとはまったく無関係な純日本産だったのである。

恋人が次々と死んでしまう

恋人が次々と死んでしまう魔性の女性歌手ダリダに、「十八歳の彼」、直訳すると、「彼は十八歳になったばかり」という名曲があり、美輪明宏先生もカヴァーしている。

日本語の歌詞で、最後の部分は、「私は、彼の二倍以上、年上だった」というのだが、これは、女が三十六歳なのか、五十四歳なのか、気になるところである。

原詩を見ると、

「J'avais oublié simplement
Que j'avais deux fois 18 ans.」

なので、これは三十六歳になる(「私は十八歳の二倍の年だということを忘れていた」)。しかし、五十四歳でもおもしろい。まったくありえない話ではない(歌なのだから、ありえない話でもよい)。これほど年は離れていないが、晩年のエディット・ピアフが二十歳年下の青年と結婚したのは有名な話である。

石井好子のエッセーが

石井好子のエッセーが好きで、ほとんどすべてを読んでいる。大学時代、『巴里の空の下オムレツのにおいは流れる』を読んで以来、三十年以上になる。その中で、彼女の好きな言葉なのだろうが、「もってこいの店」とか、「もってこいの食材」という表現によく出くわす。よく考えると、「もってこい」は、もともと、命令法だろう。貫禄のある石井好子が、もってこい! と命じているようでおもしろい。電車のなかで、思い出し笑いをしそうになる。

「蛙なんて、きみが悪い」という人に、「じゃ、鳥にしましょう」と言いつつ、蛙を食べさせてみると、「おいしい。おいしい」と言う。そして、蛙のファンにさせる、などという笑えるエッセーが、『バタをひとさじ、玉子を3コ』にある。歌手、エッセイストだけでなく、人間そのものがとても魅力的な人である。

石井好子にはまっているのが

石井好子にはまっているのが昂じて、この間は、高輪にある、彼女の建てたマンションの前を通ってきた。よく行く高野山東京別院や、カフェ・オ・バカナールの近くで、自民党の石井副総理の邸宅があったところ。その娘だったのだから、あたりまえだが、パリから帰国後、三十代から、ここにずっと住んでいた。母親が亡くなった後、マンションにした、とエッセーに書いてある。

彼女のエッセーはすべて読んだと思うが、エッセイストとしてだけでなく、やはり、すごいと思うのは歌である。しかも、私見というか私聞では、晩年、逝去する数年前の歌が一番よい、というところがすごい。

若いころ、といっても、六十代の彼女を動画で見ると、当然、声は若々しくて美しいのだが、あまり迫力がない。それが、八十代になると、すごい貫禄が加わる。もともと、彼女は姐さんにまちがわれるほどの大顔なのだが、声にもドスが効いて説得力がある。フランス語の歌詞を多少まちがえても、そんなことはどうでもいいと思わせてしまう。

その石井好子が、全盛期の

その石井好子が、全盛期のＣＤで「愛の讃歌」のフランス語の部分を、「空が割れても、大地が落ちてきても」と逆に歌ってしまっていて、驚く。

さらに驚いたのは、最近出た、若いころのＣＤでも、そのままだったことだ。あまりに大物だから、誰も周囲が指摘できなかったのだろうか。まあ、シャンソンは、雰囲気的に楽しむ人が多いだろうからいいのかもしれない。石井好子が自信たっぷりに歌うと、まったく気にならないし。と思っていたら、なんと、エディット・ピアフは、恋人が死んだときのコンサートで石井好子のように歌っていたということが判明した。

わざとなのか、動揺していたのか。石井好子がそれを知ったうえで歌っていたなら、これはかなりすごいことである——。

美輪明宏「愛の讃歌」が

美輪明宏「愛の讃歌」が、iPhoneのシャッフルで流れてきても、先送りにして聴かないことが多い。ほかのことを考えながら聴くべきでないという気がするし、バスや電車内で、いいかげんに聴くべきでもないと思うからだ。神聖な曲である。

一方、モーツァルトなどは、のべつ幕なしに流しても平気である。邪魔にならない。シンフォニーはさすがにちょっと重いけれども。

九月になると

九月になると、むかしは、竹内まりあの「September」をよく聴いていた。名曲である。しかし、あるとき、メイ牛山という、ハリウッド美容学校の校長が、失恋の歌なんか聴いていたら、ほんとうに失恋しちゃうわよ、おやめなさい、と著書に書いているのを読んで、失恋の歌、悲しい曲は聴くのをやめた。

それから十数年になるが、いまもなるべくそういう歌は聴かないようにしている。しかし、西洋でもそうだが、「愛の讃歌」などを別にして、名曲というのは失恋や報われない恋愛の歌が多いのではないだろうか（オペラアリアや王朝和歌でもそうである）。恋や愛の喜びの歌もあるが、どうもそういう歌は単調な気がしてしまう。

昨日は、衝動的に

昨日は、衝動的にフジ子・ヘミングのエッセイが読みたくなる。ときどき、こういうことがあって、その前は、フランソワーズ・モレシャンだった。純粋なエッセイストというよりは、アーティスト（系統）の人が書いたエッセーを読みたくなることが多い。

しかし、モレシャンの本は、一、二冊しか蔵書になく、すべて古書のサイトで買い集める。小学生のときから、テレビやCMを見て、なぜか気になる人だった。昔のラジオ番組なども録音してあり、何度も聴いて、内容を覚えてしまっている。二十五年以上経つのに、あの独特の美しいイントネーションは、いまでも真似ができる（また、素人にも真似しやすい）。

最近では、「徹子の部屋」に出た録画をよく観ている。あの番組にも、彼女は六、七回は出ているのではないだろうか。

印象的なエピソードは、彼女の吃音だが、あれは、日本語につまっているのではなく、戦争中、ユダヤ人をかくまっていた彼女の父が、半殺しにされて帰宅したのを見てトラウマになり、ああいう話し方になってしまった、ということであった。

むかし、西脇順三郎という

むかし、西脇順三郎という慶應大学の教授で詩人だった人は、自宅にタクシーを呼んで、今日、銀座で詩人の会があるんだけど、そこへやってくれ、と言った。タクシーは、会が開かれそうな場所を探して、銀座をぐるぐる回り、結局わからなくて、家に戻って来た、という。

学部時代にこれを知って、将来はこういう詩人になりたいと思った。ふつうの人がこれをやったら、ただのぼけ老人と言われてしまうだろう。ノーベル賞候補にもなりかかったらしい西脇順三郎ぐらいになると、これが武勇伝の扱いになるのだから、うらやましい。

二十代の若い男性歌人が

二十代の若い男性歌人が、短歌講座を開き、なぜかオブザーヴァーとして参加させられた。頭数を揃えたかったのだろう。そのとき、倒置の例を探していて、講師が迷っていると、受講していたおばさんが、「百人一首の例を黒板に書いたら」と発言したので、どきっとした。このおばさんは女学校で百人一首を暗記したにちがいない。短歌の講師だから、いくら若くても百人一首ぐらいは覚えていると思ったのだろう。

じつのところ、私は覚えていない。好きな王朝和歌はたくさんあるが、暗記まではしていない。しかし、やはり覚えていないと、心にまで影響は及ぼさないだろう。

そこで、あのおばさんの発言を天からのメッセージと考えて、先週から、小倉百人一首を暗記している。ラテン語の名文句も暗記中だから大変だが、三か月で覚えられるだろうか。

歌人に、「百人一首、覚えていますか？」と訊くのは、ちょっとためらわれる。恥をかかせることになりかねないからだ。あるいは、「現代短歌」にしか興味ありません、と言われてしまうかもしれない。

小倉百人一首を

小倉百人一首を暗記し始めて、ようやく二十数首を覚える。気取るわけではないが、正直に言って、ラテン語の名文句のほうがだんぜん覚えやすい。こんなむずかしく、洗練され、凝った修辞の韻文は高校生に理解できるはずがない、と思ってしまう。公家のように、京都で優雅に暮らしていないと、実感できるはずがない歌である。

私も高校の冬休みの宿題で暗記させられたが、ただ覚えただけで、苦痛だった（いまでさえ楽ではない）。それらの歌は印象にさえ残っていない。たぶん、こんな宿題を出しても、高校生は和歌がきらいになるだけである。

最初は、わかりやすい、口語の現代短歌を教え、和歌としては、単純であまり凝っていない歌のみ（例、「ひさかたの光のどけき」）に触れればよいのではないだろうか。

ラファエッロ展

ラファエッロ展。金曜の国立西洋美術館は八時まで開いている。文明国ならば、もっと文化に予算をつけ、週三日ぐらいは、夜まで開館すべきだと思う。

「聖エゼキエルの幻視」と、自画像が一番良かった、と思う。ただ、これらの傑作を二十秒以上観ている人がいない。いったい何年かかって（何か月かもしれないが）ラファエッロが描いたと思っているのだろうか。

目玉は、有名な「大公の聖母」である。もちろん、この作品も神々しくてよい。これはトスカーナ大公、フェルディナント三世が、つねに寝室に飾り、旅行先にも持っていったというものだ。大公の祖父は、神聖ローマ帝国皇帝、マリア・テレージアの夫、フランツ一世・シュテファンで、マリー・アントワネットの父である。

国柄

ロンドンでは

ロンドンでは、人びとのマナーがよくて、こちらも、紳士でいるのは簡単である。肩にちょっと触れようものなら、争ってSorryと言う国なのだから。

地下鉄なども、駅構内は、両方向の乗客が、物理的にぶつからないような構造になっていた気がする。井の頭線、渋谷駅のように、わっ、と幅三十メートルの人の洪水が向こうから無秩序にやってきて、右往左往させられるという、民度の低い構造の駅はない。近頃は、渋谷駅に、警官だか、警備員が立つようになっている。トラブルが絶えないのだろう。理由は明らかに、この駅の（動線の）構造だ。

渋谷駅にかぎらず、東京では多少ずうずうしく、つまり、非紳士的に行動しないと、駅も、街も歩けないし、電車にも乗れない。残念ながらひどい街だと思う。

英国王室で

英国王室で、もっとも美しいのは、Princess of Alexandra アレグザンドラ王女だと、むかしから思っていた。エリザベス女王の従妹にあたる。ロシアなど、スラヴ系がやや強いから美しいのだろう、と英国でも言われてきた。母方からロシアの血を受け継いでいるようだ。偶然、YouTube で発見したが、けっこうこの王女は天然らしく、テープカットのシーンなど、笑えるものがある。ちょっと微妙なのは、どこかで世界中の人々と順番に会っているとき、ナイジェリアの人に、「あなたの国、よく知っているのよ。私が一九六〇年に独立させたんだから」（I gave it independence in 1960）と、軽く、あっさりと言ってしまっている。独立のとき、エリザベス女王の名代を務めたらしいのだが、すごい台詞である。大英帝国の力を思い知らされた。

英国紳士は、平日

英国紳士は、平日、ロンドンの邸宅にいて、週末は田舎の城で過ごすらしい。だから、王室メンバーが臨席する競馬などのイヴェントは平日に行われるという。

私は田舎が苦手で、三日が限度。ケンブリッジに一か月いたときも、毎週末、特急で五十分かけて、ロンドンに行っていた。英国紳士と真逆である。

こうしてみると、田園を愛する英国紳士であったことは、私の過去生にはないと思う。一番つらかったのは、ニュージーランドのオークランドに一か月滞在したときで、羊のほうが人より多いと言われるように、なにもエクサイティングなものがなく、退屈で気が狂いそうになったものだ。

欧米の本は多くが

欧米の本は多くがペーパーバックで、紙も装丁もひどい。ハードカヴァーの場合も、日本の書籍の紙質には劣る。これなら、電子書籍が生まれても当然という気がする。

日本の本は、装丁、紙のクォリティーが高すぎて、電子書籍が普及しにくいのではないだろうか。もっとも、ただ情報だけを求め、再読しないような本は電子書籍で十分だ。

しかし、欧米でも、昔は、装丁のとても贅沢な本があった。富裕層の読者が、みずから好みの装丁にしたからだ。何百冊も並んだ、書棚の金文字、革の背表紙は家具としても機能していただろう。

「Ask Suzy」というアメリカの

「Ask Suzy」というアメリカの番組。電話で家計の問題を相談し、スージーという金融の専門家が答える。ある二十八歳の男は、歯を美しくするため、五〇〇〇ドルかかる美容歯科にかかりたい、費用はクレジットカードのキャッシングで払い、利率は二十二パーセントだと言ったら、スージーに、一発で、"DENIED!"ありえない、いまの歯のままでいい、と言われていた。これを見てもわかるように、アメリカ人庶民の消費態度は、かなり安易である。

はじめて私が海外に

はじめて私が海外に行ったのはかなり遅く、二十五歳で、ロンドンに四週間滞在した。毎日、香り高いお茶が飲め、おいしい「イングリッシュ・ブレックファースト」を夜にも朝にも食べ、和食はまったく恋しくなかったものだ。

帰りのＪＡＬの機内で蕎麦が出されたが（「ＪＡＬ蕎麦」と誰かが言っていた）、高級な蕎麦ではない（と思う）のに、食べて感動した。そのとき、さすがに、やはり日本はいい、と思っ（てしまっ）た。

ケンブリッジ大学のサマースクールに

ケンブリッジ大学のサマースクールに、ミケーレ・デ・グレゴリオ君という、ローマ大学史学科の学生がいた。西洋人というのは、概して老けて見えるが、二十一、二歳なのに、なんと、彼は亡父にそっくりだった。そして、本人にも、そう言ったが、横で聞いていたマケドニア出身のポポーフスキー氏は、おお、そんな馬鹿な、と言って、嗤った。おもしろいのは、ミケーレ君が、けっして笑わず、終始、まじめな顔をしていたことだ。

サマースクール中はいつも一緒にいたが、最後の日、二人で、彼の案内するロンドン市内のパブに行った。住宅街にあり、ぱっとしないところで、客がいない。不思議な店だった。なんで彼は、こんなところを知っているのだろう。

何を話したか、よく覚えていないが、別れの言葉はロンドンの地下鉄での「Salute!」だった。メールがすべての人に普及していないころで、彼にメアドはなく、音信不通になっている。フェイスブックで調べても、同姓同名が山ほど出てきてしまって、特定できていない。

いま、ウィーンは十四℃

いま、ウィーンは十四℃。涼しい。心が内向きになる雨。ウィーンに行ったことはないが、カフェに座って、気楽な本、雑誌、ときおりこむずかしい本を読み、新鮮な（＝落としたての）コーヒーとザッハトルテがあれば、こんな幸福なことはないだろう。どうも、むかしから、古くからの共和国（例、フランス）、それに類する国家（アメリカなど）より、君主国家（例、イギリス、日本）のほうが居心地がよい。

共和国でも、君主国の名残りが多いほど、私にとっては空気が軽い。どうも、古くからの共和国は、私感だが、街が殺伐としている気がする。

宮殿、城、美術館、庭園、都市計画という帝国の遺産がなければ、ウィーンの魅力はないだろう。モーツァルト、コーヒー、菓子、陶磁器も、王室、君主あってのものだ。

どうも、二十数年

どうも、二十数年使ってきたウェッジウッドのカップ（のデザインと形）に飽きてくる。模様や値段が違っていても、カップとソーサーの型はすべて同じなのだ。いろいろと見ていくうちに、ハンガリーのヘレンドのカップに惹かれるな、と思ったら、柿右衛門様式の影響があるという。結局、母国の文化からは逃れられないのだろうか。

ロートレックやドガやマネを私が好きなのも、浮世絵の構図や線が生かされているせいにちがいない。

あれこれ

私が念入りに

私が念入りに計算したところでは、駅に近い集合住宅とバスが必要な集合住宅では、値段がかなり違うが、バスでなく、タクシーを使っても、その差額は埋まらない。つまり、二十年ローンを組んで、週二回ぐらいタクシーで帰宅しても、その交通費×二十年＋駅から遠いマンションの値段が、駅近のマンションの値段に匹敵することはない。それほど、駅近のマンションは高価である。

つまり、経済的には、バスを使う物件のほうがわりに合う。しかし、ストレスという、金銭以外の要素がある。夜九時過ぎ、特に冬、また、雨の日、バス待ちの行列に並ぶみじめさは格別だ。絶対に、駅から近いほうが精神の健康にはよい。多少むりをしても、歩いて帰れる駅近マンションを買うべきだ、と駅から遠い物件を買ってから、思い知らされた。

むかし、ある教授が

むかし、ある教授が、若いうちは文庫本でもいいが、年をとると、革表紙の、いい装丁で、挿絵が入っている豪華版でないと読む気にならない、と書いていた。

ほんとうにそのとおりで、これは本に限らない。年をとると、小物、インテリア、鞄、食事など、いいかげんなもの、安価なものでまにあわせるという「贅沢」が許されなくなる。だから、年をとると、ますます金も時間もかかる。しかし、一方で、物欲がなくなっていく人もいると思う。読めればいい、と考えて、文庫本を読む人がいてもいいが、たぶん、目がつらくて、読めないだろう。老化は金がかかる、と考えたほうがよさそうだ。

若い女が高価な宝石などを身につけると災難が起こる、と美輪明宏先生が書いている。老女こそ、そういう石をまとう資格ができる、と。また、まとわないと、老齢がカヴァーできない。

初老にもなって、安物版を読まなくてもいいように、いまから蓄財しなくてはならないかもしれない。

ときどき

ときどき、カルチャーセンターじゃないんだから、などと言って、ばかにする人がいるが、とんでもないことである。受講生のモーティヴェーションも高いし、やりがいがあると思っている講師は多いだろう。レヴェルも、大学、大学院より高いところがある。

なによりも、商業主義で動いているので、受講生が少ないと開講されない。私もある年、講座を開いてもらったものの、二期目は受講者が足りずに開講できなかった。つまり、おもしろくないと受講生は来ない。大学のように必修ではないのだから、つまらない授業をしていたのでは、通らない、厳しい世界である。

セヴンイレヴンの前に

セヴンイレヴンの前に大きなトラックが止まっている。eleven の三つの「e」の発音は、三つとも違う。英語はほんとうにおかしな言語である。

中学生が、なんで、これは「エレヴェン」じゃないんですか？　と質問しないのが不思議である（たぶん秀才ほど、疑問に思わず、素直に暗記してしまうのではないかと思う）。日本語でも、「イレヴン」だから、「イ」「エ」「ウ」と、けなげにもおかしな英語を反映してしまっている。

大運動会はあるが

大運動会はあるが、小運動会はない。大学はあるが、小学はない（小学校はある）。小委員会はあるが、大委員会はない。大酒飲みはいるが、小酒のみはいない。大笑いはあるが、小笑いはない。大声はあるが、小声もある。大会はあるが、小会はたぶんない。大好き！　はあるが、小好き！　はない。

大学へ入った最初の

大学へ入った最初の、「English Skills」という、アメリカ人神父の授業。いきなり、長いＢ４判一枚の英文を暗記させられる。

「他人と自分を較べると、高慢になったり卑屈になったりしかねない。というのは、つねにあなたより優れた人、劣った人は存在するからだ。」

(if you compare yourself with others, you may become vain and bitter, for there will always be greater and lesser persons than yourself)

という一節を思い出す。つくづく、人生の後から効いてくる文章だ。

それから六年後ぐらいに、ヨーク大聖堂に行ったとき、この文が、美しい版画のような体裁で売られているのを見つけて、買ってきた。有名な文らしい。

それはともかく、つい人と較べてしまう、というくせはなくすのがむずかしい。女性も、美輪明宏先生によると、他人と較べるのだが、「でも」という武器があるらしい。つまり、むこうから美女が来ると、くやしい、と思うのだが、「「でも」、頭、悪そう」とチャラにしてしまうのだそうだ。道理で、女性は強いはずだ。

立ち食いパーティで

立ち食いパーティで、十数年間、一度も話をしたことがない初老の教授が近寄って来る。そして、私が、ジョン・アイアランドという悪役俳優にそっくりだと言う。十年間、言いたくて、言う機会がなかったそうだ。そんなささいなことを十年間？　と驚かされる。酒が入ったので言えた、などと言っていた。

また、トム・ハンクスに似ている、ますます似てきた、などと、会うたびに言ってくる教授もいる。私はその俳優を知らなかった。検索し、画像を眺めてみると、似ていない。結局、ハゲ上がり具合の類似を言ってるんじゃないか、と思う。西洋人に似ていると言われれば、私が喜ぶとでも思っているのだろうか。

内外から

内外から送られてきた古書目録を眺めるのは、大きな喜びである。買わないにしても、こんな本があるのか、と驚いたり、あの人に読ませたい本だな、などと考える。

ヨーロッパでは、買いつづけるうち、顧客扱いになると、目録を印刷する前に、それをメールで送ってくれるところもあって、顧客扱いでない一般人より先に買える（だから、届いた目録には、すでに売却済の本も載っていることがある）。

日本では、同じ書店から何万円買おうと、そういう特別扱いがない。この点は、ヨーロッパに見習うべきではないだろうか。あるいは、私がその顧客リストから洩れているだけかもしれないが。そうすると、日本の顧客リストはヨーロッパより敷居が高いということになるだろう。

明治維新以前の

明治維新以前の職業として、商人、公務員、僧侶、神官、農民、漁民、職人、は存在していた。会社員、教員は、西洋化してから生まれたものだろう。多くの日本人は、一五〇年ぐらいの歴史しかない、新しい職業についていることになる。

よく、サラリーマンを武士に喩える人がいるが、比率が違いすぎる。武士はエリート階級で、人口の数パーセントしかいない。なにより、自分で金を稼いでいない。禄という収入で生きている。いまで言うなら、(キャリアの)国家公務員が近いのではないかと思う。

故三笠宮寛仁親王が

故三笠宮寛仁親王が酔って、酒をつき合わされていた彬子(あきこ)女王と口論になり、「分からないなんて、最低です!」、「そんなことを言うなら、とっとと京都に帰りやがれ!」、「言われなくても帰りますよ!」ということがあったという。帰るのが「京都」だというあたりに、皇族のすごみを感じた。

セヴンイレヴンで

セヴンイレヴンで宅配便を頼む。ふと横を見ると、いつのまにか巨大なコーヒーマシーンがある。純朴そうな青年に、これ美味しい? と聞くと、表情が変わり、美味しいですよ、と答えた。マニュアルを離れた瞬間、若者の地、というか、素が出る、と思う。その表情は個性的であり、魅力的である。逆に言うと、マニュアルは人の個性を消し、魅力を奪っていると言えるだろう。

iPhoneのスリープボタンの

iPhoneのスリープボタンの感度が急に悪くなる。四回に一回は反応しない。銀座のアップルストアに行くと、真冬なのに赤の半袖を来たお兄さんから、「電源ボタンなら修理できますが、スリープボタンだと電話ごと交換になります」と言われる。

まだ、買ってから二か月である。「二か月後、またここに来ることにならないですよね？」と言うと、「その可能性はなくはないです」と答えた。しかたなく、交換してもらうことにする。

彼の目の前で操作して、中にある情報を消去したが、「これって、ハッカーができるぐらいの人なら復元できますよね？」と言うと、否定せず、目が泳ぎ、「この後、破壊しますので」と言った。できるなら、目の前で叩き割るサーヴィスがほしいところである。

洗う前の洗濯物

洗う前の洗濯物（というべきか、洗濯すべき物）を入れておくランドリーボックスが、布製のせいか、におってくる。どこも破れたりはしていないが、使う気にならない。三年の寿命だった。はかないものである。

　今度は、通気性のある籐製にしようと思い、通販サイトを探す。一万件以上ヒットするが、一〇〇〇ほど見て力つきる。ネットショップの品揃えはあまりにも多すぎ、一方、デパートは少なすぎる。この中間ぐらいがほしいところである。

　デザイン、色は、多少なら妥協できるが、絶対に妥協できない、というか、妥協すると置けなくなるのが、縦・横・高さのスリーサイズである。たぶん、一番、使う頻度の高い文具は、ハサミとかを除けば、巻き尺ではないかと思う。毎月のように、いろいろと部屋を計って、置けるかどうかを考える。明らかにいまのマンションは狭すぎる。いずれ巻き尺など要らず、グランドピアノでもなんでも置ける大きなマンションへ移りたいものだ（ピアノはまったく弾けないが、弾ける学生でも呼んで弾いてもらえばよい）。

　さて、結局、ランドリーボックスは、汗のついたものをしばらく置くわけだから、籐製でも、内側に布が貼ってあるのは、やはり、三年後ににおう危険がある。うっかり、籐というだけでクリックすると、布製を買ったのと同じことになる。落とし穴はじつに多い。

　三年寿命説があてはまるものに、風呂場の檜の椅子がある。これも、三年で黒ずんできたので、今度はヒバ製に変える。店主は、一生使えますよ、というが、それを信じるほど、私も若くない。ヒバ本体はカビることはないそうだが、付着した石鹸かすはカビる、という。それでは、本体がカビるのと同じことだ。

しかし、ブラシで、石鹸かすをとり、陰干しすれば、一生持つ、というのだ。話半分として、十年持てばいい、と考え、買った。

うちは西日がきつく

うちは西日がきつく、すだれ、よしずなしには五月から九月を乗りきれない。ところが、これは一筋縄で解決できるような問題ではない。

まず、すだれは、金具でサッシに取りつけるので、マンションの場合、無理である。したがって、この十年間、巨大なよしずを三枚立てかけてきた。

安物はワンシーズンしか持たないから、毎年、取り替える。しっかりしたものは五年持つ（最後はボロボロになるが）。そこで、「永久に持つ」と謳っている竹製を、通販で買ったが、重さが三十キロぐらいあり、初秋、（強風、台風のとき）何度も巻いて下に置いたりしたせいで、ぎっくり腰になってしまった。

重いものに懲りて、つぎに買ってみたポリエステル製はたしかに軽い。軽すぎて、風で倒れる。水を入れて六キロになる重りを三個、紐でつけても、上部はフリーなので、やはり斜めに倒れる。立てては倒れるを十数回繰り返して、諦めた。

やはり、昔ながらの「よしず」しかない。ところが、これは、一枚一万円ぐらいだが、捨てるとき、「便利屋」に頼むと、三枚で一万六千円かかる。みずからノコギリで切るのは不可能である（やってみればわかるが、とても木材のようには切れない）。

子どものとき

子どものとき、機嫌のよさそうな母が、よく鼻歌で歌っていたメロディ。それが「愛の讃歌」だと気づいたのは、最近のことだ。母が聴き覚えていたのは、ほんもののエディット・ピアフや美輪明宏版ではなく、ムード歌謡的な越路吹雪ヴァージョンだった。

そして、母があまり歌詞を深く考えていなかったのも明らかである。「あなたと暮らせるものならなんにも要らない」という歌だが、当時、母はもう父と暮らしていた。なんにも要らない、ということはなかった、と思う。

むかし、亡父が、夜

むかし、亡父が、夜、布団を敷いて、はい、お姫様どうぞ、と母に言っていたのを思い出す。なかなかおもしろい父だった。

しかし、もちろん、しかたなくやっていたのだろう。ほんとうは、自分が敷いてもらうような身分になりたかったはずだ。若いころ、母には、いつか鎌倉に住んで、お手伝いさんを置く、などと豪語していた、と母から何度も聞かされた。

「だまされた」とは言わなかったが、母はちょっと口惜しそうに見えた。

亡父は、洒落っ気が

亡父は、洒落っ気がまったくなく、ブランド品とは縁がない人だと思っていたら、死後、サン・ローランその他、外国製のタイやスーツが、タンスからたくさん出てきた。若いころはブランドが好きだったらしい、というか、結婚したために自由になる金がなくなり、買えなかった、というのが真相だろう。

いまでも、男たちは、独身時代はブランド品を買っていても、結婚したとたん、妻に財布を握られて、買えない（らしい）。生きているうちに、何かプレゼントしておけばよかった。

あとがき

本書に収められている文は、七、八年前から昨年ぐらいまでに書かれたものである。そのあと、加筆、訂正、削除しているので、年齢など一貫しておらず、微妙にずれているかもしれない。時代の流れはどうも加速しているようで、公私ともにさまざまな変化があった。本書に書かれていることも、数年後には何のことかわからなくなってしまうかもしれないし、私の意見も変わる可能性がある。

エッセーとは、モンテーニュが『エセー』を出版したことに始まるらしい。これは、一種の「ブランド商品」で、すでに本業で成功した人が書くものだという人もいる。そういう考えだと、私には書く権利がないことになるが、言いたいこと、書きたいことは自然と湧き出てくるのだからしかたがない。

そういう意味では、『書く権利』*The Right to Write* というジュリア・キャメロンの本にずいぶんと励まされてきた。彼女はそこで、誰もが書くべきだと主張している。そのことは本書でも少し言及したが、すべての人が描くべきだと言っていた岡本太郎に似ている。

本書は前作『中村教授のむずかしい毎日』に続く二作目であるけれども、本名としては本書が初めてである（歌集を除く）。といっても、前作と、あまり視点、内容は変わっておらず、ネガティヴな態度の文をなるべく減らしたぐらいである（しかし、なかなか消えないものだ）。役に立つことも書いていないし、私が「ふと思った」ことを書いている。

もともと本業が、なんの実益にもならないタイプの学問であるから（大学院時代の教授は「人畜無害」と豪快に笑っていた）、私のふと思うことも役には立たないだろう。深く、論理的に構築した思考などもない。そういうことを書くのに憧れがないわけではないが、私の性格上、また能力的にも書けないであろう。

今回は、縁があって、作品社から出版されることとなった。ここに深謝申し上げます。

平成二十九年六月二十八日

中村幸一

本書収録のエッセーは２００７年より開始されたウェブログ
「麻呂の教授な日々」に加筆・削除、再構成したものです。

編集協力＝北冬舎・柳下和久

著者略歴

中村幸一

なかむらこういち

昭和38年（1963年）、東京生まれ。明治大学教授。著書に、歌集『円舞曲』（1998年、砂子屋書房）、長篇詩歌作品『出日本記』（2000年、北冬舎）、歌集『しあわせな歌』（06年、同）、エッセイ集『佐藤信弘秀歌評唱』（13年、同）、歌集『あふれるひかり』（16年、同）、また、上村隆一の筆名で、エッセイ集『中村教授のむずかしい毎日』（13年、同）がある。

ありふれた教授（きょうじゅ）の毎日（まいにち）

2017年9月20日　第1刷印刷
2017年9月25日　第1刷発行

著者
中村幸一

発行人
和田　肇

発行所
株式会社作品社

〒102-0072 東京都千代田区飯田橋2-7-4
電話　03-3262-9753
FAX　03-3262-9757
振替口座　00160-3-27183
http://www.sakuhinsha.com

印刷・製本　シナノ印刷㈱
©NAKAMURA Kouichi 2017. Printed in Japan.
定価はカバーに表示してあります
乱丁・落丁本はお取り替えいたします
ISBN978-4-86182-648-1　C0095